何以为家

航月 著

中国财经出版传媒集团
中国财政经济出版社

图书在版编目（CIP）数据

何以为家 / 航月著. —北京：中国财政经济出版社，2016. 4

ISBN 978 -7 -5095 -6633 -6

Ⅰ. ①何… Ⅱ. ①航… Ⅲ. ①散文集 - 中国 - 当代 Ⅳ. ①I267

中国版本图书馆 CIP 数据核字（2016）第 029165 号

责任编辑：张怡然　　责任印制：刘春年
责任校对：胡永立　　版式设计：丁丁图文

中国财政经济出版社出版

URL：http://www.cfeph.cn

E - mail：cfeph@cfeph.cn

社址：北京市海淀区阜成路甲 28 号　邮政编码：100142

营销中心电话：010 - 88190406　北京财经书店电话：010 - 64033436

北京时捷印刷有限公司印刷　各地新华书店经销

880 × 1230 毫米　32 开　9. 125 印张　193 000 字

2016 年 4 月第 1 版　2016 年 4 月北京第 1 次印刷

定价：32. 00 元

ISBN 978 - 7 - 5095 - 6633 - 6 / I · 0136

（图书出现印装问题，本社负责调换）

本社质量投诉电话：010 - 88190744

反盗版举报热线：88190492　88190446

故乡还在　灵魂可栖

序　住在灵魂的村庄

乡村在中国的行政区划上是最小的基层单位，从古至今，乡村都在文人的字里行间被赋予浓重的悲情色彩。

这种悲情色彩是情感上对乡村悲观的色彩，是生活在乡村和城市的人们从内到外体验了人生的那种悲情。

乡村还是农村的代名词，只要你告诉人们来自中国的哪个县城、哪个乡村，农民的身份就成了你一个巨大的烙印和商标，它会贴在你的脸上、手上、笑容里以及身体的每个部位。然后农民身份将区分开你与他人的阶层属性，进而限定你走向城市空间的距离。

我最初记住的乡村叫“大河草湖”，这个“大河”是因为乡名叫大河乡，所以门前的河和草原也叫大河和大河的草湖。大河人管门前的草原叫草湖，因为大河将草原从中间一分为二，有湖、有草的地方叫草湖。草湖是我最早记住的村庄的名字，之后，在我成长的时间里，所有关于村庄、家乡的概念里都有“草湖”这两个字，更多的两个字是“大河”：大河古城、大河煤矿、大河兽医站、大河水库，大河的干渠、大河的下涝坝、大河的男人、大河的女人、大河的娃娃、大河的丫头、大河的媳妇、大河的驴。这些关于大河的文字在我很小的年纪里被另一个词——“村子”代替，大河的人们从不说乡村，都以“我们村子”来代表这里。

大河人说草湖、村子的表情是有底气的、豪迈的、自信的那种，是祖祖辈辈在同一个地方有血脉、有根基、有传承的那种气场。

但村子和草湖对于我而言，还是新的。大河所有的农田、草原、戈壁、盐碱地、房子对我都是新的。村子对于一个从南方流动到大河的人来说，这种新就证明你不是本地人，不是盲流就是外地支边的。

面对老的村子，面对有模有样的老房子、老巴里坤人，支边的父母就是村子里的新户，是村子暖色气流里的庄稼地。

草湖在一年四季的变化中更换着颜色，四季的颜色：青绿、草绿、金黄、纯白。每年如此，年年如此。季节分明，年年四色，从不更改。如此，我眼里的乡村，除去固有的农村烙印外，更多的是暖色的气流。这些暖色的气流，在我 25 年的青春岁月里一直温暖着我关于农村的回忆和记忆。

父母从江苏鱼米之乡支援新疆建设到新疆东部哈密巴里坤县这个有草湖的大河乡村，他们从南方的绿色水田来到尘土飞扬、大雪压顶的大河。他们把我的命放在了这个叫大河的草湖，把我来到人间的第一声啼哭给了这个草湖，把我的名字给了这个草湖。

从此，我童年对南方和北方乡村最多的记忆是暖色气流里涌动的色彩，这些南方和北方乡村里混合而成的五颜六色的湖水、红色的瓦房、绿色的稻田、黄色的冬梅、青色的油菜、白色的雪以及广阔的戈壁、草原、天山山脉和一年四季里草原上的马、牛、羊的色彩，让我很小就对色彩有了更多的喜爱。

就像梵高的油画，我更喜欢他黄色基调里的麦田和描绘秋收的农人在麦田收割时的颜色，金黄的颜色刺穿我的眼睛，也刺穿我的心脏。

我的村子就在大得无边的草原上，大得无边的戈壁上，大得看不到天边云彩的蓝天下。像走在朝圣之路，我一步一叩首地用 25 年的青春靠近她、依恋她、爱她，并陪她走过她的沧桑。

每个人的心中都有一个安放自己灵魂的村子，这个村子是《诗经》里的河之洲，是杜甫诗里的茅屋，是陶渊明诗里的田园，是孟浩然的《过故人庄》里的田家，是余光中诗里的乡愁。

每个村子都把最初原味的记忆让祖先们一代代交接给子孙。今天，当我们处在商业化的都市回归村庄之时，那些村子有多少还是我们曾经熟悉的样子？

那些逐渐被商业吞没了灵魂的村庄将在我们身后陨落，陨落的是原来的味道、颜色、历史、文化和我们赖以生存的生命元素。

我生在草原，我的生命元素里有大河的草湖和大河的村子。

我大河的村子长在一望无际的草原上。我小时候的枣红马在父亲去世的10多年里，一直为我们家做苦力，直到它成为一匹老马，无法拉车驾辕，悄然地老死在空阔的草原上，让我们找不到它死亡的痕迹。枣红马的缰绳一直挂在我们家粮食仓的墙壁上，我们看不看它，它都一直挂在那里，像文物也像断片。枣红马的魂在我们家的院子里，在所有它可以踩踏的空地上，在我们家的庄稼地里，在戈壁的梭梭柴里。

父亲31岁就把生命丢弃在了草原，把枣红马留给了我们。他躺在戈壁滩上，听枣红马的声音从村口一直传到戈壁深处。

我从草原出发，带着大河草原上全部的善良、勤勉、朴实，带着青草味走进城市。我身后的村子仍然淹没在草原里，像我离开时的那样，只是牛粪的数量比那时更多，野菜比那时更多。而村子里的人越来越少，只剩下许多老年人守着暮年的岁月在草原上张望。

离乡的我带不走父亲的坟，也带不走枣红马的缰绳，更带不走村子里暖色的气流和向日葵一样的太阳。我带走的仅仅是我在草原的村子里得到的全部恩惠，它让我在城市里生活了20多个年头，仍然还是一个纯粹的草原女子，一个历经岁月仍然安静如初、心地善良的草原女子。

故乡还在，灵魂可栖。从原来的村庄艰难地走向城市，在城市里游离于人群中孤独地找不到灵魂的归属，又再次一步步向曾经丢失的家园回归，曾经的乡愁都成了一份过时的深刻的追忆。

我把离开草原后在城市的路途中，用回望写下的关于我的草原和村庄，以及我旅行游历中写下的中国南方和北方村庄的文字整理成一本纪实的乡村散文集《何以为家》，我希望，我带给你的是我生活过的乡村，是你眼里不一样的乡村。这些乡村从我的草原出发，偶尔寻觅、偶尔发现、偶尔阅读。她们有着不同的名字、不同的色彩、不同的生命感悟。

谨将我生活过的草原里的大河，以及我的眼睛看到的、灵魂阅读过的中国乡村呈现在这里。那也许是你生命中曾经的河、山川、草原、田野、庄稼、食物、足迹；也许仅仅是一个名字、一幅久远的画，那画已经模糊。

目录

第三辑　割不断的南方与北方

第二辑　从边防哨卡生出的温柔

第四辑　诗意在乡村泥土里生长

开篇　忧伤地逃离　乡村变故乡

（一）

1984 年冬天，在巴里坤大河，18 岁的我坐在家里的火炉边，为村里的一位老人写下了一首诗，诗的名字叫《离不开的老人，走了》。当我贴好邮票粘上信封将那首诗寄往《飞天》杂志的时候，我还不能真正懂得，我写的是一首诗。

火炉照亮我 18 岁的青春，年轻、飞扬、简单、单纯，也照亮了冬天雪野里白茫茫的草原，草原在我背后的黑夜里发着雪光。

火炉的火也照亮了母亲从寒冷的外面带回来的消息，白家爷死了。

母亲眼含泪水，伤心欲绝。她在 31 岁时失去了我的父亲、她的丈夫。她对看到的村里每一个生命逝去的理解，等于丈夫一次次在她面前重新死过一回一样。村子里只要有人过世，母亲总是最伤心的一个。

这个与我没有血缘关系的白家爷死在我 18 岁的火炉边，也死在我酝酿着青春的血液、准备逃离草原的端口。

7 岁的时候，我被邻居一声惊慌的嘶喊击中神经，“老杭没了！”然后在父亲盖棺的时候，舅舅们抱着年幼的我们跟躺在棺材里的年轻的父亲告别。躺在棺材里的父亲像睡着了一样，但任凭我们用童稚的喊叫声叫破嗓子，他也无法醒来。从此，对死亡的惧怕伴随着我从童年到成年，以至于在以后的人生里，我再也无法面对任何人的死亡场面。

40 年过去了，我没有去父亲的坟头烧过一把纸钱，也没有对父亲说过我这么多年的想念。这 40 年里漏掉的父亲的称呼，在时光里都变成了灰暗的杂草。

18 岁开始酝酿逃离也是因为村子里的死亡气息，那是一种看不见的黑暗，我身在其中，瑟瑟发抖。只要村子里有人过世，我就将在几天里无法走出家门，我害怕看见村子里到处撒散的纸钱。白色的像银圆一样的纸钱，中间剪出一个圆，那个纸钱的圆心有意无意地击中我的恐惧。

父亲死在邻居家的柴车边，柴车和墙挤破了父亲的心脏。那堵墙，我从来没敢走近过，更不敢睁着眼睛去寻找父亲留在上面的血迹，那堵墙横亘在我童年的岁月里，青黄了一个女孩的玫瑰青春。

父亲死在我 7 岁的白天和黑夜，我无法呼喊，也无法叫他。

给白家爷写的诗在《飞天》发表了。它是我的处女作，是我在不知道什么是诗的年龄写下的文字。而我却没有激动，也没有欣喜。

18 岁还太年轻，年轻得像风一样，在村子里的旮旯拐角穿行。

还是在 18 岁的火炉边，我开始了寻根之路。我要回江苏老家看看父亲的村子，看看母亲的村子；是代替父亲，也是代替母亲；为了逃离看见的死亡，也为了遮蔽自己年幼的眼睛。我以为南方的田地少，无法埋葬死人。

老家的杭家村里躺着爷爷的坟，躺着杭家的祖坟。小小的坟堆掩藏在每家的田地里。孟家村舅舅家的田里躺着外公外婆的坟，小小的坟堆在田埂上若隐若现。

我远远地看见那些坟堆时，装作什么也没有看见。我无心地给我南方的亲人讲述我的草原，讲述草原上的村庄。我的亲人们都没有去过新疆，他们不知道我所描述的草原是如何让母亲带着失去父亲的 5 个孩子长大。在我讲述的草原里，亲人们总是感叹："也就是在新疆田多，你妈可以一个人养活 5 个孩子。要是在蒋垛，肯定养不活。"

我在亲人们的交流里，固执地离开了老家。回了一趟老家后，才知道父母亲带我们来到的草原是多么博大，又是怎么放置我们的生命。

原来出生的地方，就是家，就是根。

（二）

20 世纪 80 年代是乡村的断裂，也是乡村有文化的人准备逃离的断裂。这种断裂没有伤疤，只有忧伤，是文化人内心找不到安放灵魂之地的忧伤。

带着乡村的忧伤，乡村诗人、作家、文化人开始了从农村到城市的逃离。

忧伤地逃离让乡村变为故乡，让城市成为另一个断裂的栖息之地。

90 年代初，早就准备逃离的人们毅然决然地从养育了自己的故土向城市方向进发。在城市里没有方向和目标，而逃离的脚步已经无法停止。

从乡村向城市逃离，著名作家刘亮程也是其中一个。他是我在逃离我的出生地巴里坤大河后在乌鲁木齐碰到的第一个男诗人，他来自新疆沙湾。同时认识的还有来自沙湾的女作家萧云，她是刘亮程的表妹。

刘亮程住在《工人日报》社的宿舍，我跟萧云住在《新疆经济报》社的单位宿舍。当时的刘亮程每天夹着一个黑色的公文包，从报社下班后沿路去找饭吃。有时大家碰在一起，一起吃饭，一起聊自己的家乡。他和萧云聊他们的沙湾聊黄沙梁，我聊我的草原。吃完饭回宿舍，我跟萧云继续聊我们各自的乡村，我的草原就在那时变成萧云对巴里坤的向往。

夜晚，刘亮程开始写作，他的内心也开始跟城市撕裂地较劲。他坐在宿舍的破椅子上，面对没有居所、在城市亮着的灯光里没有自己家的夜晚，他用写作抵达他的灵魂。他的《城市牛哞》就是在进城后的《工人日报》社宿舍里写的。

它们并排横站在车厢里，像一群没买到坐票的乘客，东张西望，目光天真而好奇。在卡车缓缓开过的一瞬，我听到熟悉的一声牛哞，紧接着一车牛的眼睛齐刷刷盯住了我：它们认出我来了……这不是经常扛一把铁锨在田间地头转悠的那个农民吗？他不好好种地跑到城里干啥来了？瞧他夹一只黑包在人群中奔波的样子，跟在乡下时夹一条麻袋去偷玉米是一种架势。

这是一篇隐喻性的散文，通过进城的动物的眼睛解读出来的拟人句式，比人看人更透彻。这是每个进城后的文化人都经历过的一段黑暗的无助的撕裂的城市生活。

男人的撕裂比女人更深，因为男人需要养家。进城后抛家舍业失去土地的那种恐慌，只有在城市的心脏没有片瓦没有家的离土心情里才能感触至深。在这种煎熬的撕裂里，刘亮程在他昏暗的宿舍里完成了他在城市中心写的第一本散文集《一个人的村庄》。

他因《一个人的村庄》被誉为“乡村哲学家”、“20 世纪中国最后一位散文作家”。

1999 年，我在深圳书城的书架上无意间看到了刘亮程的《一个人的村庄》，并且马上把书买了回来。

我在深圳的宿舍里安静地阅读着刘亮程心中的黄沙梁，阅读着他的风中的院门，阅读着在亚洲中心的他逃离的故乡。评论家们都在分析刘亮程散文的文学价值，我读出的却是一个诗人、作家从农村到城市内心撕裂后的坚守、坚持、顽强。

忧伤地逃离，乡村变故乡。这是文化人经历的逃离。

现在刘亮程把新疆木垒的菜籽沟当作了另一个灵魂的归宿，就像他心中的黄沙梁一样的灵魂之地。他创建了菜籽沟文化书院，他成了院长，管理着被农民废弃掉的土屋土地，并在菜籽沟接待全国各地去寻找乡情的文化人。

还是在深圳，我在萧云的微信里，看到了在菜籽沟的书房里，刘亮程拿起笔悠然地泼墨挥毫，写写书法，安静心灵。他腋窝下的黑色公文包已经换成握在手里的狼毫。物与物的改变，印证着心底的透亮。他离开黄沙梁，黄沙梁以另一种方式住在他的心里。这是文化人最好的逃离，也是文化人最好的回归。乡村哲学家刘亮程的逃离和回归恰到好处、恰到时间。那个在黄沙梁经常扛一把铁锨在田间地头转悠的农民，找到了他可以安放心灵的地方。这个地方也正沉淀着，等着未来的文化人的到来。

其他的文化人的逃离并没有刘亮程这样成功，也没有像刘亮程这样把中国的散文写作掀了个底朝天。刘式乡村散文写作在十多年的时间里，用它独有的乡村情怀的叙述方式温暖了一拨又一拨从乡村到城市寻找人生价值的文化人恐慌和孤独的内心以及失去家园一无所有的灵魂。这是刘亮程自身逃离和文学价值的意义所在。

《何以为家》的开篇不是刘亮程式的散文写作，而刘亮程富含乡村情怀的作品终究是绕不开的一个坐标。这个时代要感谢刘亮程，感谢他在乡村通往城市的道路上，为后来者树立了标杆，又在城市还乡的返程中，让人们找到了灵魂可以安放的地方。

回归乡村不仅是一种可能，更是一种需要。

（三）

我的逃离一直存在，从大河到哈密，从哈密到乌鲁木齐，从乌鲁木齐到深圳。从乡村的入口到城市的心脏，我一步步地远离着从前的草原，远离着草原上的村庄和从前的人。

在乌鲁木齐，我没有买房子，也没有想过未来。

我悄然地在寒冷的冬季提着笨重的行李，坐上开往南方的火车，向前行进。

我需要寻找什么？找寻什么？

我怎么舍得丢弃我的家园？

在冬天的深圳，紫荆花瓣打在我的头顶，那种温柔的敲打让我怦然心动。那一刻，我都没有考虑以后如何生存，就坚决地留在了这个四季花开的城市。

25 岁走出大河草原，32 岁到达深圳，我从乡村到达城市中心的攀爬用了 8 年时间。此时距离 18 岁的火炉已经过去了 16 年。

现在，我居住在深圳也已经 16 年了。

在这 16 年，我的家人陆续在深圳安家工作，孩子们把深圳当作了自己的家。

我忧伤地逃离的 25 岁，怎么会想到有一天，那个在冬天的草原上围着火炉写诗的草原女孩能在开满紫荆花的城市和我亲密的汉字对话，对话的城市没有草原和雪，没有成群的牛羊，没有毡房和套马杆，没有转场的牧场。

我曾经的家园都变成了故乡，曾经的草原已没有人打草。

2015 年新年，我带着母亲从深圳回巴里坤大河的家。

弟弟开着车送我们回家，车过家门错过几个路口我们都不知道。

撂荒的家园都相似地整齐地排列在空空的居民点上。我们大河的家也一样空空地撂荒着。

弟弟守在这里，错过家门的位置对他来说只是一次眼神上的疏忽，他不会当回事。车过家门，找不到家的忧伤只有我能感觉到。

我们连家门都忘了，这种忘记比忧伤更可怕。

弟弟忘了带家门的钥匙，站在家门口，无法打开锁。

“你明知道我们来看看，怎么就忘了带钥匙？”弟弟没有把我们的指责当一回事，轻描淡写地说，房子都空了，这么久不住人有什么看的。

我们透过院门口铁门的缝隙往院子里瞅，满满一院子的荒草不知道是在什么时候长出来的，在冬天的院门里顽强地生长着。

我们从前院门绕到后院门，趴在后院门的玻璃空隙里，我看到原来装面粉的红柜子落满了灰尘，已看不出它最初的颜色，也看不到它之前的光亮。房子外墙的泥巴有些脱落、有些剥离、有些斑驳，像一个沧桑的老人，看不到生命的气息。

18 岁的火炉在我远离家门的时间里再也垒不起堂堂大火，也垒不起一个女孩曾经失去的青春岁月。

我的草原被冬雪覆盖，从家门到草原之路，那是满世界的冬雪，那是满世界的覆盖。

我的眼泪被风刮到草原的尽头，在白雪覆盖的草原上，泪水没有下落已经结冰。

我忧伤地逃离的家园，叫故乡。撂荒的院门里，只剩下我写给她的诗。这一刻的哀愁，抵不上一颗草籽对家的坚守。

我搬不动的家园

她比 48 年更长
长过了我的年龄
我出生时在这里啼哭的声音
仍然打在屋角的每一处

门都上了锁
从自家的后院小门
绕家而进
眼睛穿过玻璃望向门内
剩下的是没有被搬走的纯木家什
它们笨重地被闲置在所有的屋角
它们被遗弃被撂荒
红木柜里也许还有残存的面粉
大衣柜里还挂着母亲的旧衣服

饭桌上也许还有残留的菜汁
太久了它们被闲置在这里
它们在我的眼睛里
温暖如最初在我生活里的样子
没有尘土，铮亮洁净
我希望我还没有皱褶的手
能摩挲那些久违的木质温度
手心贴着木质的表皮
有毛刺的或者有木纹的
有木结的或者有裂缝的
它们在我手里生锈并且嵌入掌心

我想搬走这些被遗弃的家什
而我居住的城市很大
却没有一处
可以安置它们的地方
我搬不动的家
搁置在大河旧户东村三组

我能搬动的仅仅是一颗肉质的心脏
还有紫外线里的皮肤
还有手里的一支笔

还有牢固的记忆
还有门前的大河

我甚至搬不动院内的荒草
它们拼命地活在无人的家里
像岿然不动的战士
我的眼泪在荒草里掉落
我的一颗肉质的心脏
抵不上一颗草籽对家的依恋和顽强

我只是一粒逃离的种子，我错失了太多的播种季节，我已晒干了水分，被城市的风吹到哪里就在哪里。没有人知道我是从大河 20 亩责任田里逃出来的一粒种子。

摄影：吴同生

第一辑

我回望中的草原

一粒种子的逃离

住在灵魂里的村庄

远逝的镇西

食物的味道

村庄里的草原

古城里的村庄

城里城外

乡村是一种符号

家园的荒落

……

我从草原之路来到滨海之城，我从草原的心脏来到大海的心脏，我从看不见尽头的草原来到看不见尽头的大海。草原四季的颜色一层层将大海覆盖，蓝色的浪花里包裹着我曾经的草原的四季，绿色的草原推着蓝色的海。海上有海鸥飞过头顶，有大雁飞过头顶，有丹顶鹤飞过头顶。

而我身后的草湖，除了草原的代名词，还有部分成了湿地，有白鹭、大雁、蓑羽鹤、鸢、大天鹅等近百种鸟类在那里栖息和繁衍。

当我真的站在大海边梳理我在草原上眺望的一个又一个梦时，我已经走过了青春岁月。四十不惑的女人在中国最南边的城市，在作为世界窗口城市的深圳寻找着从草原到大海的来路。在这条来路上，浪花飞过的泡沫一点点地洗刷着我纯美的玫瑰色的青春。

在大河铺满四季颜色的草原上，母亲从 31 岁一直守着父亲飘逝的灵魂，看着草原四季的变化。父亲的身影是抹不去的长镜头，从穿过草原的四条河里蹚水而过，他向母亲走来，走进母亲的灵魂。母亲心甘情愿地让父亲的二胡音乐将黑发敲打成根根白发。她拿起梳子，将掉落的白发梳成一段段二胡音乐。

我能记住的村子

草原上的牛粪在 20 年的记忆里疯跑
笈笈筐和扁担在草原的黄昏
成为夕阳西下时的特写
那是我的童年
那是枣红马、麻驴、头羊、黄牛的童年
那是石竹花、蒲公英、马兰花、狗尾巴花开放的童年
那是草原最美的时候

父亲躺在戈壁上的坟墓之后
我从没有看过父亲
那些飞扬的纸灰
在戈壁上空
下落

弹唱
像二胡

我能记住的父亲在 7 岁之前
模糊的影子比戈壁更空旷
我带着这些模糊的影子和二胡
在远离草原的南方
安静地倾听

在尾气、噪音、钢筋混凝土的南方
在雨季、老鼠、台风、闷热的南方
在田鸡、鱿鱼、海鲜、粉果、螃蟹、糯米鸡的南方
我安静得像一把二胡
蹲守着那些远去的时光

一粒种子的逃离

我对庄稼最初的认识来源于一粒种子。

很小的时候，我不知道庄稼的好坏跟一个农民能充足地吃饱肚子有关。我最早知道的一粒种子的名字叫“六四之四”，那时候，六四之四经过春天的播种长满了大河所有能种出粮食的土地。六四之四耐旱，个头高大，劲打粮食，适应大河的气候。我七岁时，我们一家六口人的三分自留地因错过了播种的季节没有种上六四之四而改种成青稞。在大河，青稞是不能跟粮食划分在一起的，它永远不能跟粮食并驾齐驱。粮食可以做白面馒头、做拉条子、擀面，可以让没有油水的肚皮一下子饱满起来，使人满足起来、骄傲起来。而青稞却不能给人这些满足感，青稞面只能烙一些又黑又硬的饼子，它倾其所能也做不成白面馒头。青稞是给冬天过冬的牲口们添的一把饲料。

那时候，大河的人家，谁家拥有了白面馒头，谁家就象征着富有。富有正是让我那个年龄羡慕的，六四之四在我羡慕富有的年龄里成为一种向往。我们家的三分自留地因改种上了青稞而距离这种向往越来越遥远。七岁那一年，我们吃了一年的青稞面。饥饿使我明白了一粒种子可以改变庄稼收成的道理。

六四之四成了我对白面馒头的怀念，我盼着我们的三分自留地里长满六四之四。第二年春播，当我们欢天喜地地迎来播种六四之四的日子时，全大河的人家播种的却是“赛罗司”，一种让白面馒头更有筋骨的小麦品种。赛罗司在播种的季节让大河人兴奋了一整个夏天。他们兴奋地在地头上走来走去，男人们的莫合烟缭绕在田间地头，缭绕在跟着看热闹的女人孩子身边，缭绕在男人群里。男人们一下子成了女人的中心，成了女人仰着头观赏的动物。被女人观赏的男人们平生第一次觉得赛罗司让他们拥有了男人的尊严。于是，男人们几乎是商量好了一样自觉不自觉地把眼睛转向刚刚破土的绿色麦苗上。麦苗染绿了男人的眼睛，染绿了女人们叽叽喳喳的话语。平时威严的男人变得谦和了温顺了，一阵旋风吹过，吹掉了男人们叼在嘴边的莫合烟。男人们说：“狗日的风，明年还种赛罗司。”

站在地头上的风景远远地躲过我们的家门，母亲是寡妇，她绝对不会因为赛罗司而疯疯癫癫地跟在男人屁股后面凑热闹。更何况我们家因来不及换种子，再次错过了大河人都播种的新品种。

那一年，我和姊妹们放学后就守在我们的三分自留地里，我们的六四之四拔节一样蹿得老高，高出了赛罗司一节子。我们手舞足蹈地为我们家的三分自留地高唱赞歌。偶尔走过来一位庄稼人看着几个孩子的癫狂劲儿偷着笑：“真是一群孩子，还勺着呢。”

六四之四比赛罗司成熟得早，母亲像贼一样，什么时候收割了我们的三分自留地我们谁也不知道。有一天当我们的自留地空空地躺在两边都是赛罗司的中间时，我们手舞足蹈的劲头顿时蔫了。赛罗司长长的麦芒直刺我们的眼睛，我们随便掐了几颗赛罗司的头和六四之四做对比，这一下我们才明白，原来赛罗司不就比六四之四多了麦芒吗。我们疯了似地跑回家，告诉了母亲我们的新发现。我们说："妈，赛罗司有什么好，尽是麦芒。"母亲却终于笑了起来。其实后来我们长大才知道，母亲在没有种上赛罗司的那一年，是她人生最失败的一年，母亲觉得她虽然是寡妇，但她没有理由不让我们全家的三分自留地风风光光地长出个样子来，让全村的男人们看一看，寡妇怎么了，寡妇不是好欺负的。三分自留地没有把母亲风风光光的信心长出来，这让母亲失望了好长时间。

不管是怎样的错过，在这一年的秋天，我们吃上了白面馒头，吃上了拉条子、焖饼子。这样遥远的向往变成了现实，它在我们的心目中胜过了母亲充满希望的风风光光的失败。毕竟，白面馒头对于我们饥饿的胃来说，它堵住了庄稼地里任何可以长成信心的事物。

我们全家的三分自留地成了20亩责任田的时候，"干麦二十一"代替了赛罗司。干麦二十一没有像赛罗司那样为大河男人迎来可以兴奋一整个夏天的时光。播种干麦二十一的春天，大河很平静，在这样平静的季节谁也没有因为一粒种子是新品种而使大河喧闹起来。

大河已不是往日的大河，一粒新种子就让它躁动不安的日子早已过去。对于一粒赛罗司来说，它被大河的男人女人曾经点燃起来的绿色激情簇拥着，它被那些让激情澎湃着的男人女人滚烫的手紧握着，它整个被播种的过程抵得上一个生命的诞生。这无异于是赛罗司的幸福，一粒随便可以丢弃的种子曾经被大河人看得如此高贵，六四之四没有这份高贵，干麦二十一没有这份高贵，这份高贵给了赛罗司。赛罗司在大河人最想换种子的时候，最想让庄稼长出饱满的粮食的时候，最想播种激情的时候，长在了大河熟透的土壤里。

自己家的责任田想种什么就种什么的时候，新品种干麦二十一被大河的男人女人用曾经播种赛罗司的手悄无声息地种进了庄稼地，同时种进去的还有其他的新种子。

母亲已经没有能力去耕耘20亩的责任田，她风风光光的信心飘失得很遥远。她只能拖着日见老去的腿脚在她很宽阔的责任田里散散步，挖点喂鸡的野菜。有一瞬间她的眼睛掠过责任田里高低错落的麦穗，狠狠地剜了一眼细高挑的六四之四，自言自语地说："老了，没长进了，咋就长成这个样子，是该换换品种了。"然后母亲看也不看，随手掐下几颗闲长在麦穗里的青稞头。这是母亲走在责任田里的习惯动作，她挖野菜的筐里总有几颗刚长熟的饱满的青稞，她把青稞带回家，放在灶火里烧一烧，用双手揉去嫩壳，送进嘴里，然后是长时间的咀嚼。她的表情很动人，细微的笑容布满脸上渐渐堆起的皱褶。母亲似乎抹掉了没有赶上种赛罗司那一年人生失败的记忆，她对青稞的钟情比对其他任何一粒种子都深刻。

20亩的责任田够我们用很长时间选择适宜的种子，20亩的责任田够我们把曾经错过种子播种而丧失的信心种出来，20亩责任田我们可以想种什么就种什么，20亩责任田可以让我们成为庄园主，在种子的王国里挥舞着绿色的旗帜。

在我们终于有机会选择种子的时候，我像一粒不适时宜陡然走失的种子，飘失在城市的空气里。那20亩的土壤成了弟弟大刀阔斧开垦的疆场，他开着手扶拖拉机翻地，种子从播种机里犁进土层。他没有时间为一粒种子埋进土里而长时间地激动不已，他手握方向盘，眼睛直视前方，他身后的种子一粒粒下落，他知道种子只要埋进土里就开始了它生长的另一种方式，这跟人对种子的任何过高的期望，任何不理智的感情投入，任何把一件小事过分地渲染成惊天动地的形式都没有关系。种子就是种子，不就是让土地种出庄稼，种出粮食吗？种不出庄稼，种不出粮食的还叫种子吗？种不出庄稼的种子会丢人一辈子的脸。

弟弟会花很长时间从一个村到另一个村挑选种子，他挑选种子的过程很细致，从一年的秋天到来年的春天，刚好赶上下种。弟弟挑种子的眼光是与生俱来的，没有人教他。他说，种地还需要人教吗？挑选好的种子下种后，弟弟像无事之人一样，开着他的手扶拖拉机在城里闲逛，碰上什么活，随便干一干，挣点零花钱。他的地闲扔在夏天里，他一点也不着急。他知道没有好种子就长不好庄稼，他的种子是好种子，是不会让他失望的。

弟弟不需要花很大的代价就可以收割丰收的秋天，他在收割的季节里从没有错失过一次种子的播种。

我从一个城市走到另一个城市，我所有走过城市的季节都是我错过种子播种的季节，我在最初的人生季节里没有选择好土壤，致使我的一生都在错过的时间里迷失。城市里的土壤很少，每一粒种子都精心地寻找属于自己的那块地，它们你争我夺生怕被土壤遗弃了，生怕被播种的人撒漏在外面让阳光把水分吸干了，生怕自己不适应土壤而被土壤的主人抛弃了。只要有一小块地，它们都憋足了劲蓬蓬勃勃地挤着向上长。

我是长不过这些城市里的种子的，即使城市给我一块地，我都长不出好庄稼。大河 20 亩地我都不敢生长，我怕长不出好苗让大河人笑话，说我怎样浪费了土地，我还敢在城市生根发芽?

我只是一粒逃离的种子，我错失了太多的播种季节，我已晒干了水分，被城市的风吹到哪里就在哪里。没有人知道我是从大河 20 亩责任田里逃出来的一粒种子。

我从一个城市再到另一个城市，我从哈密到乌鲁木齐，再从乌鲁木齐到哈密，我从一个叫哈密的干旱的城市又被风吹到深圳。在深圳的街头，我干旱的舌头啃了几口甘蔗，甘蔗很甜。这几口很甜的甘蔗水，使我下决心留在了这个城市。

一粒逃离的种子被水浸融着，像回到母亲的子宫。

住在灵魂里的村庄

一个拥有5000年人类灵魂之城称呼的巴里坤、一个在丝绸之路上繁花似锦享誉西域的巴里坤、一个尘封了厚重历史文化的巴里坤、一个在城市中心有美丽草原的巴里坤、一个拥有美食和粮仓而幸福的巴里坤、一个有着汉韵文化文明的巴里坤，在她60岁的今天，我记录她、叙述她。她养育过我的25年，包括她过往的全部都是我眼里的前世今生。

水有了灵魂，水就是生命的源泉；山有了灵魂，山就是生命的高度；风有了灵魂，风就是生命的气息；草原有了灵魂，草原就是万物的主宰；人有了灵魂，人就是创造上帝之神。

对于一个城市而言，如果这个城市有了灵魂，这个城市就是一方百姓的福地。

当人的灵魂和城市的灵魂正在被无意识地慢慢丢弃于虚无时间背后的臃肿时，安静地呼吸和沉静地凝望就是我们灵魂需要的心静之地。

安静去哪里寻找？沉静去哪里寻找？凝望去哪里寻找？来吧，带着你疲惫的焦渴的心，带着你被城市挤瘦的思维，到巴里坤来，来了，你就知道你的灵魂该放置何处！

风从山上吹过来，从南山吹来、从北山吹来、从东山吹来、从西山吹来，将四面环山的城市里那柔柔的草的气息吹进你的肺里、你的呼吸里、你的眼睛里、你枯竭的语言里，这是夏天的巴里坤。

风从四面的戈壁上卷着雪沫、卷着松树的针叶、卷着烟囱里的牛粪味，从城市的房顶吹来，吹进你的嘴里、脖子里、眼睛里、靴子里、棉袄里，这是冬天的巴里坤。

风从马的背上、牛的尾巴上、羊的头顶上、鸡的散步中、狗的吠叫中、椒蒿的味道里、艾草的香气里、草原的石柱花里弥漫着吹来，吹进你的鞋子里、耳朵里、手心里、胃里，这是春天的巴里坤。

风从收割的麦地上、镰刀的尖上、豌豆的脆响里、打场的磙子里、收割机的嘴里、草原的垛草里、粮仓的麻袋里肆无忌惮地吹来，吹进你的心情里、你的神经里、你的皮肤里、你的心里，这是秋天的巴里坤。

其实巴里坤的风早在新石器时代就开始在古人类的头顶一丝丝、一缕缕地吹了起来。几千年的风，把人类脚步里的灰尘、茹毛饮血的胃涤荡得干干净净。剩下纯粹的灵魂和灵魂里的风在这个四面环山的城市一次次过滤再过滤。

几千年，骆宾王的脚步在巴里坤的水草里轻轻地划过，留下了远古的诗行：“二庭归望断，万里客心愁。”这些带着露珠和战争硝烟愁绪的诗句，不仅愁瘦了初唐诗人，也愁瘦了巴里坤古驿道上的烽火台。本来在西域为官不得志的骆宾王，无法将自己灵魂里的无奈表现出来，而诗把诗人的灵魂清清爽爽地掏了出来，诗比战场上的长刀还能深入人心。几千年，骆宾王在历史的书里死了千次万次，而他结满暗淡愁绪的诗，却在巴里坤一代又一代人的肺腑里响了千次万次，永不停止，永不消失。不仅如此，任何一个外地人来到巴里坤，都会被骆宾王灵魂里的诗句陶冶千次万次。人们从没有记住郁郁不得志的骆宾王在西域为官的功绩，但是记住了在巴里坤的风里，骆宾王暗淡的灵魂和他暗淡的诗。

骆宾王走了，但他诗歌的灵魂气息驻守在巴里坤，在巴里坤的风里，守着一个城市的灵魂。

有诗人的城市，城市是鲜活的种子，在每个早晨都新鲜发芽。

“到此疑无路，群山裹一城，光分太古雪，未及半天晴，鼓角重关壮，风雪百战平。”清代诗人史善长的《到巴里坤》，描述的是另一种塞外明珠般的巴里坤，诗句里是清代巴里坤的壮阔、大雪的城郭、鼓角齐鸣的战场。即使战场也巍巍壮观，充满豪气，荡气回肠。

史善长把他诗人的豪迈灵魂留在了巴里坤。那是最近的时代诗人的灵魂，因为时间不远，那些豪气的诗句一遍又一遍从巴里坤的汉城、满城飞向天山南北，飞向过往的每一个人的记忆里，不管是陌生的还是熟悉的，不管是守在巴里坤的老人，还是走出巴里坤的年轻人。诗是另一种文化的灵魂，让他们用自己的灵魂对待巴里坤。

灵魂不是说出来的，灵魂是从内心、从根子里长出来的。

在巴里坤，从隋唐起，中原往返西域商队的驼铃声就不绝于耳，那些遥远的驼铃，在久远的路上摇醒了多少巴里坤人的梦？那些从时间的日子里长出来的名字："甘露川"、"蒲类海"，用文化的记忆梳理了多少岁月？只有生活在巴里坤的巴里坤人才能懂得。

巴里坤这条丝绸之路上，张骞、班超他们从这里经过，成吉思汗在这里安营扎寨。

刀光剑影的战争已从人们的记忆里远去，唯有柔软的、暗淡的或豪气的诗句，在巴里坤人的灵魂里，在巴里坤的风里、山里、水里、草湖里醒着、生长着、记忆着。

一个有灵魂的城市，总有柔软的树叶、果实、钢筋水泥；有温暖的问候和召唤；有甜蜜的拥抱和陪伴；有所有日历里历历在目的伤痛和过往；有深深浅浅的伤疤和足迹。在我们咀嚼她的味道时，我们总会心怀感激地敬重她、想念她、爱她，并且刻骨铭心地去赞美她铭记她。

远逝的镇西

巴里坤的繁华和骄傲要从镇西时候往前追溯，从“甘露川”追溯到“蒲类海”，从清朝追溯到五千多年前的新石器时代。

汉朝时期，巴里坤是西域三十六国之一的蒲类国。丝绸之路新北道开通之前，巴里坤的商业便日趋繁荣，并且有了最初的商道——蒲类古道。

在康熙王朝兴盛时期，巴里坤开始出现了军屯、商屯、民屯、犯屯、宅屯、旗屯的高潮。大规模屯田活动，让那时的巴里坤成为天山北麓重要的商品集散地。呈现出商家云集、店铺林立的繁华景象，与乌鲁木齐、伊犁并称新疆“三大商都”。

清初在平定准噶尔部叛乱时，巴里坤成为清军大本营的重要后勤基地。那时，巴里坤有100多家商号，几万头驼峰。其中，最有名的是八大商号中蒋家的“仁和兴”和张家的“德盛和”。蒋家在商贸鼎盛期，光骆驼就有1500多峰。

巴里坤的几万头驼峰，曾经浩浩荡荡开拔在西域古丝绸之路上，这是多么庞大的运输驼队！驼峰将口里的日用百货从内蒙古运送到巴里坤再到奇台。再把新疆的土特产品，从巴里坤运送到内蒙古、口里。这条摇着驼铃的长长的驼队，记载了西域名城巴里坤曾经宏大的丝绸之路上的繁荣贸易，也记载了驼帮在丝绸之路上夜以继日的辛酸泪。

繁华盛景里的西域名城巴里坤是前世，是过往的历史。就像西域之圣名，广阔地延伸到了欧亚大陆。曾经西域疆土上的地名像日月星辰照耀着今天巴里坤的岁月。

巴里坤人从不炫耀自己的前世，从不炫耀家族的过往，从不炫耀这个古老的西域名城曾经辉煌，厚重的历史。以至于我在巴里坤生活的 25 年时间里，不知道巴里坤辉煌的过去和她繁华的前世。就像我不知道我的祖先来自何方，去过何处。

直到我从巴里坤走出去的 10 多年后，才在南方的书城里翻开她厚重的历史，才慢慢地如饥似渴地吸取着她前世辉煌的养分和一页页尘封的岁月；直到有一天，我无意从杭家几代代的国字脸谱里才发现，杭家跟西域必然的前世关系；直到那久远的驼铃响在我的耳边时，我才能清楚地感知我的祖先在西域巴里坤丝绸之路上的足迹。

杭家的丝绸和茶叶就是通过这条遥远的西域丝绸之路，在驼铃一夜夜响着的尘土里，到达它们需要到达的地方。也是在南方的书店，我从《南方有嘉木》一书里，找到了祖先的过往，找到了祖先在西域巴里坤丝绸之路上的丝绸和茶叶，我的前世和巴里坤有了命中注定的联系。

绿茶、红茶，这些南方的茶叶在不同的茶杯里、开水里伸展成不同的形状、不同的味道、不同的颜色，它们如竹丝悄然地被吸进巴里坤人的胃里。水乳相融的感觉从前世来，从西域来。一条西域之路，将杭家的后代放置在巴里坤，成了巴里坤人。杭家的家谱从我们这一代，有了巴里坤的名字。也从我们这一代起，从今往后，我们及我们后代的名字将消失在发黄的杭姓家谱里。我们的出生地只属于巴里坤。

往返于南方和西域成了杭家人的宿命，祖先们摇着驼铃从南方到西域巴里坤，父亲母亲乘着火车支边到巴里坤，我们乘着飞机回家到巴里坤。我们眼里的巴里坤和巴里坤人眼里的巴里坤，在时间的隧道里变化、翻新、伸展、创造、建设、发展。

西域之遥远，在唐僧取经的路上。

西域之遥远，在香妃回故乡的路上。

西域之遥远，在西王母所居的地方。[1]

西域之遥远，在巴里坤的历史资料里。

---

[1] 唐吴筠《步虚词》：“倏欻造西域，嬉游金母家。”

食物的味道

对食物记忆深刻的不是人的嘴巴，也不是人的大脑，更不是人的眼睛的分辨率，而是人的胃。人们总是在享受一顿美餐后，搓着自己鼓鼓的肚子满足地说：“吃了个好，吃了个饱。”所以，胃的满足感才是对食物最好的记忆。

巴里坤的食物堪称美食，它像一种更深刻的符号焊接在巴里坤男人和女人的胃里。

巴里坤的美食都烙上了巴里坤土壤的味道，烙上了巴里坤植物的味道，烙上了巴里坤空气里干燥的味道、清爽的味道、寒冷的味道、发芽的味道，只有巴里坤的气候才能孕育出巴里坤植物的味道。

巴里坤特殊的植物味道惯坏了巴里坤的男人，这种特殊的味道可以让巴里坤的男人去到地球的任何村庄，想起的都是在他们胃里存留的巴里坤食物的味道。

巴里坤的马林军来深圳 20 年了，当他终于有钱可以乘飞机回新疆后，他每年都会回一次巴里坤，吃地地道道的巴里坤的拉条子。巴里坤的拉条子是用巴里坤地里长出的粮食磨出来的面做成的。拉条子拌的菜是吃巴里坤草原上的草长大的羊产的羊肉炒三塘湖地里的西红柿、辣子、茄子做出来的，美美地吃一碗巴里坤正宗的拉条子后，再吃几串烤羊肉，这顿对住在巴里坤的人唾手可得的简单的中餐，对马林军来说是最大的享受。

每年飞回巴里坤仅仅为吃一餐巴里坤的拉条子，也许别人会说，神经病。只有巴里坤的男人懂得，巴里坤的拉条子是怎样暖暖地喂饱了他们的春夏秋冬。

跟巴里坤出门在外的男人不同，生活在其他城市的巴里坤女人对巴里坤的食物有更细腻的回味和感受。

巴里坤的亲友来深圳时，总给我带巴里坤的酸奶、香豆子、蒸饼和晒干的椒蒿、山上的野蘑菇。一顿调着巴里坤山上的野蘑菇、散着椒蒿味道的酸汤揪片子，让生活在深圳的家人像回到巴里坤一样，在手中精致的瓷碗里，热气腾腾的气流涌动着同样的家乡味蕾、同样的回味、同样的家乡情怀。虽然，面粉不是巴里坤地里长出的粮食磨成的，萝卜青菜也不是巴里坤地里长出的，羊肉不是巴里坤草场出产的，但是一撮晒干的椒蒿和几个晒干的野蘑菇就让一锅在深圳家里的酸汤揪片子或者酸汤饺子调出了巴里坤的味道。

吃像果冻和豆腐脑一样的巴里坤老酸奶过足瘾后，就会从胃里再次翻出对巴里坤的羊肉焖饼子、拉条子、艾面、大杏皮、蒸饼、红萝卜包子、锅盔、油酥馍、大馒头、臊子面的记忆。

生长在巴里坤土地里的简单的植物，通过一双巴里坤女人的巧手花样翻新地做出来的食物，在25年的时光里，让我的胃一遍又一遍地回味着那些茎、叶、花朵。浓浓的味道已经渗透进我的胃液里、血液里、皮肤里、骨子里、身体的每一处毛孔里。每每回想起一种味道，胃里就有千万条馋虫在跟自己斗争，并把这种斗争的结果从胃里循环到嘴里、其他器官里，然后特想马上回巴里坤去撮一顿。

小时候，我为了身为南方人的母亲不能做出来像翠娃妈妈做的米粒一样小的杏皮而怪母亲太笨，也为邻居家做得好吃的臊子面怪母亲手艺差。当有一天，我家邻居告诉母亲，你女儿会做拉条子了。母亲才发现，她10岁的女儿在会做南方人家简单的大米饭后还能做巴里坤人家复杂的面食。

在25年后，我从巴里坤到哈密到乌鲁木齐再到深圳，历经10多年的时间，我在不同的城市，用不同城市里的面粉和鸡肉，给我的同事们做巴里坤的鸡肉焖饼子、酸汤揪片子、酸汤饺子。特殊的巴里坤味道的食物让我的同事们对巴里坤情有独钟，想去巴里坤旅行，并且想尝尝巴里坤地道的美食。过不长时间，总有同事再次请求："再给我们做巴里坤的焖饼子，或者酸汤饺子。"我总是在他们的请求还没有落下尾音时爽快地答应，并奉献一顿有巴里坤颜色和情怀的聚餐。

不同的城市、不同的同事，在不同的时间里，他们的胃里也已经烙上了有巴里坤符号的美食。只有这个符号，让他们的胃里住进一个巴里坤的名字，并让这个名字在他们的胃里生根发芽。

村庄里的草原

巴里坤草原是新疆三大最美草原之一，但是巴里坤人不叫她草原，只叫草湖。有城、有村、有河、有草、有马牛羊，这样的草原只有巴里坤才有。

从没有一片草原像巴里坤草原那样，从城市的心脏穿过，把一座城分成两半，靠南山边的是城里，靠北山边的是农村。草原平行着一条从东往西的河流，河流像肺呼吸在草原的中心。绿了城里，也绿了村庄。

从南山的城里眺望北山的草原和村庄，你眼里是辽阔的草原被很远的北山包裹，北山气候凉，山上没有松树，有的是戴青的砂石，北山的颜色随着草原四季的变化而变化，这样的草原是油画。从北山的村庄抬头看南山的城里和草原，你眼里仍然是辽阔的草原被很近的南山包裹，南山的气候暖，山上种满了松树，一年四季都是绿色，这样的草原也是油画。夏天从东面的唐代古城往西看草原，草原淹没在一望无际的绿色麦田里，微风摇摆的麦田平行着草原的方向，一直向西，直到看不见西边的底西边的尽头，这样的草原是极致的油画。

我小时候的时光就在草原一年四季的变化里，从北山方向长久地看城里、看草原、看南山，看南山上的一条路是怎样通向哈密，通向外面的世界。手搭凉棚的瞭望里，一半时间在草原上拾取牛粪为了冬天垒旺的灶台，一半时间快乐地储存过冬的牲畜草料。

满湖满滩的花儿 / 满满一杯花的醇酒 / 每一顶毡房都吆喝着 / 满滩的畜群 / 小巴郎举鞭只一挥 / 便甩出了草原的风景。

我远方的爱人 / 让花儿牵着你 / 坐到我的风景里来 / 我的风景是无边的辽阔 / 你是我辽阔的滋长。

这是我 18 岁时写给巴里坤草原的诗，诗里的草湖是一盏灯，在我 18 岁的头顶照亮着，我全部的青春岁月都在草湖的狗尾巴花里跳跃着，思绪在马兰花瓣上张扬着。一个生活在草原上的女孩，因为想看到草原的尽头是什么样的风景，总是希望飞过南山那边，看南山那边是城市还是大海。

当我真的站在大海边梳理我在草原上眺望的一个又一个梦时，我已经走过了青春岁月。三十而立的女人在中国南边的城市，在有世界窗口城市之称的深圳寻找着从草原到大海的来路。这条来路在浪花飞过的泡沫里一点点地洗刷着我纯美的玫瑰色的青春。

深圳的海也从城市的中心将深圳分成两半，一半东部，一半西部，东北比邻大鹏半岛、南澳海域，西部比邻大梅沙、小梅沙。蓝了东部，也蓝了西部。深圳没有农村，深圳没有农民。从东部往西部看，大海包围了城市，从西部往东部看，还是大海包围着城市。深圳把一条开放的路一直延伸到最边缘的山区、最遥远的牧场、最贫瘠的黄土高坡、最繁华的世界港口。任何人，无论你从哪里来，只有一个来的梦想就足够你在这里扎根，拼搏。

我从草原之城来到滨海之城，我从草原的心脏来到大海的心脏，我从看不见尽头的草原来到看不见尽头的大海，我从草原四季的颜色里一层层将大海覆盖，蓝色的浪花里是我曾经站在草原四季里的颜色，绿色的草原推着蓝色的海。海上有海鸥飞过头顶，有大雁飞过头顶，有丹顶鹤飞过头顶。

而我身后的草湖，除了草原的代名词，还有部分成了湿地，有白鹭、大雁、蓑羽鹤、鸢、大天鹅等近百种鸟类在那里栖息和繁衍。

古城里的村庄

水可以载舟，文化可以兴国。中国博大精深的儒家文化，灿烂如星河的南北朝乐府民歌、唐诗、宋词，在几千年以来的文化之路上，一直照耀着后来人。海纳百川是文化的兴盛，包容是文化的源远流长，发扬是文化的不断继承和延续。

巴里坤被誉为新疆汉文化最繁荣的地方，最有代表性的地方。巴里坤独特的丝绸之路文化、移民文化、饮食文化以及民间特色文化的小曲子、歌谣、言语、方言，就是今日巴里坤汉韵之风的写照。

一个城市的文化都附着历史的文化，地域的文化，各民族文化的融合、碰撞、汇聚。城市的开放程度有多大，文化的吸收、渗透、交融、发展就有多大。

其实不仅在巴里坤，在新疆，20 世纪 50 年代末第一代从全国各地到新疆的支边大军，在建设新疆、开发新疆、振兴新疆经济的同时，也带来了多元文化的发展。这种新移民文化的发展，是对最早的巴里坤丝绸之路文化的继承和发扬。

在远离巴里坤的深圳，在生活环境、气候环境、人文环境、地域环境都相差太大的深圳，我从深圳的移民文化里却看到了巴里坤汉文化里最早的移民文化情结。而同样的移民文化却有着根深蒂固的不同。

首先由于地域的不同，文化包容的程度就不同。巴里坤四面环山，封闭的环境让居住在这里的各民族的汉文化、哈萨克文化、维吾尔文化、蒙古文化、锡伯文化，以及丝绸之路上的中原文化，支边的新移民文化，处在一种相互杂糅的状态。这种杂糅需要提炼并且升华，如果故步自封，将停滞不前。文化的功能是不断传承，如果有新的文化支脉的强大影响，在不断挖掘的过程中能够开拓出巴里坤汉文化的精髓，巴里坤的文化将融合更多的文化元素，在未来将不断丰富提高并且传承。父亲支边的时候，从遥远的江苏到新疆只带了一把二胡，父亲 18 岁时的二胡在巴里坤大河的村庄里，汇集了江苏的支边青年。那时的二胡仅仅是江苏支边青年在寂寞的时间用于诉说对江苏父母的思念，对亲人的思念。二胡在现在的巴里坤，成了退休之后民间的一种快乐的、享受的文化娱乐生活。南方的二胡带来的音乐文化在巴里坤得到了传承，它是文化的希望。深圳本身是没有文化积淀的城市，30 多年的深圳文化也是移民文化，因为深圳的开放，也因为深圳城市的年轻，深圳是世界窗口的地理优越环境让深圳的移民文化得到了丰富的吸纳和发展。包容开放的胸怀让本地的粤文化、中原的客家文化、五湖四海的南北方新移民文化和世界各国的西洋文化在本土文化发展的空间里，相互融合，取其精华，丰富多彩。在深圳，文化符号的标志随处可见，有代表着广东地域的各种舞龙、醒狮、麒麟的粤文化，客家围龙屋，新疆的民族舞，陕北的腰鼓，东北的大秧歌，云南的葫芦丝，西洋钢琴。有全国各地的文化名人生活在深圳，为深圳写书、拍电影、写歌词作曲、画画。有全国各地的打工者，没有学历、没有经验，靠自学取得一技之长，扎根深圳。深圳没有门槛，任何人都不需要带着身份和家族背景，任何人在深圳都是零起点重新开始，把全国各地的文化带到深圳，让深圳成为一本开放的书，谁都能在这本书里写下自己。无论你来自何方，深圳的城市口号是：来了，就是深圳人。深圳跟世界没有距离。

其次是饮食文化的不同，适应不同。在巴里坤，因为流动人口少的原因，巴里坤的美食文化只召唤着巴里坤人、哈密人、新疆人、西北人。南方的菜系在巴里坤很难生存，没有人，就没有市场。如果把巴里坤的蒸饼、油酥馍、焖饼子、扒肉、酸汤饺子、椒蒿、艾面、野菜、野蘑菇放在深圳，在深圳开一家巴里坤饭馆，那绝对是纯天然的绿色美食奇葩。在饮食文化里，全国各地最有名的招牌菜系都在深圳。兰州拉面馆遍布深圳的大街小巷，无声的文化土壤在饮食里，在酒肉穿肠过的胃里。如果人的胃是文化的气场，美食就是地域文化的符号。在深圳，只有你想不到的，没有你吃不到的。吃在深圳是对深圳饮食文化最全面的总结。一花一世界，一叶一菩提。佛语里的文化，就是我们今天吸收和包容的文化。你的心有多大，文化就有多远。

城里城外

巴里坤人管县城不叫城市，叫城里。因为城里的南边是花园乡镇，乡镇和城镇混合的巴里坤县城坐落在南山根下，背对群山，坐拥草原，享受蓝天，风吹草低见牛羊。

巴里坤城里很小，一条路从城南到城北几分钟，从满城到汉城几分钟就穿越了历史。每个蹲在南城根门前庭院的老人，只要开口，满口讲的都是巴里坤的历史。

巴里坤城虽小，处处是历史。巴里坤的历史不需要从其他地方复制，也不需要杜撰。巴里坤的历史就像岩画一样，真实地、完整地、深深地雕刻在巴里坤的地理坐标里。甚至巴里坤曾经很长时间戴着全国贫困县的帽子，而历史就在那里，在巴里坤的每一处。

小小的巴里坤城里有 6 座古城池，每个古城池都清晰地再现着当年的朝代，当年的繁华和落寞。城中人居住的满城和汉城，每一块青石板、每一户门楣、每一条土路、每一处土墙都是真实的历史。厚厚的土城墙，风雨吹打了几个世纪，风吹不走他，雨淋不掉他，雪盖不了他，水淹不了他，人翻不动他，仍然厚实地蹲守在他原来的位置，为今天的人们遮风挡雨，诉说历史。只要踏进其中任何一家的家门，祖先们的故事就从遥远的历史中拉家常一样娓娓道来。

大河农村人的土坯房子笔直地通向一条干渠到光明的路。大河把一个乡镇一分为二，东边的旧户东村的农户居住在唐代古城，西边的旧户西村的农户居住在蒲类海周围。

一个 1000 多年前的唐朝，一个比唐朝更远的蒲类国，让大河的农家生活在厚重的历史里。一张口，从农村人的口里听到的都是附着汉文化的巴里坤小曲子。待得时间长一些，也能听到大河艺人的二胡音乐。如果待得更久一些，可以在过年过节的时候感受到巴里坤浓郁的社火文化。

巴里坤，除了生活的处处标示着历史以外，甚至从外面的城市到巴里坤的沿途，处处也贴着历史的标签。

从大河的农村到城里，从城里到农村，一条路的走向，不仅让人们迷失于神奇的风景，而且还怀揣着历史的影子跟现代人对结。

从哈密到巴里坤，或者从乌鲁木齐北线到巴里坤，两条进巴里坤的路，绵延着悠长的历史。

哈密穿过口门子、鸣沙山、焕彩沟，叱咤风云的女中豪杰樊梨花与薛丁山在巴里坤征战的故事就在你耳旁静静地细说。焕彩石下，樊梨花卸下战袍，洗去征尘，换上凤冠霞帔，妩媚柔情。是传说又是历史，是美丽的戏说又是今天的风景。

“焕彩沟”汉碑在 1990 年列入新疆维吾尔自治区文物保护单位。

从口门子沿着南天山进奎苏、石人子到东黑沟，可以游览北匈奴呼衍王的王庭所在，然后是宁远大将军岳钟琪当时驻扎军队的山包，巴里坤人为纪念他，把他称为“岳公台”（岳飞的第 21 代孙）。进到城里就可以参观地藏寺、仙姑庙。先有地藏寺，后有巴里坤的说法在城里得到全部印证。

另一条从木垒到巴里坤的北线路，汉代、唐代、清代的烽燧 70 多座，古烽燧每隔 20 公里至 10 公里一墩，绵延在蓝天下。

狼烟滚滚，吹角连营的战鼓声在每个昨天的古烽燧里响着，马蹄声响在你今天的耳边。

从马蹄声里，穿越到三千年前的古人类遗址，乾隆年间形成的自然村——兰州湾子。在大月氏王庭祭祀坛周边，蓝天下的南山一角，草长莺飞，有闲庭、野玫瑰、茴香花。你能感觉到历史在时间背后，而我们在时间的前面；古人类在遥远的气息里，我们在今天的呼吸里。巴里坤的大姓倪家人就从这里把根枝叶脉分散到四面八方。

2006 年 7 月 4 日，巴里坤才被命名为“新疆维吾尔自治区历史文化名城”。

这个命名已经滞后在时间里，那些岁月坚固的历史痕迹永远地雕刻在巴里坤昨天和今天的历史里，经久不息，永不磨灭。

乡村是一种符号

巴里坤人都带有很明显的符号标记。首先从语言上听，这里的人能说一口地道的巴里坤话，而且嗓门大。其次从长相上看，巴里坤人面红且黑，是高原气候辐射的结果。有这两个符号，不用追根刨底，就知道他是巴里坤人。巴里坤人的发音符号只属于巴里坤，浓重的四声音和话尾音里强调的“了”字（你吃了？下班了？渴了？走了？），还有形容词里的双重叠字（胖胖的、大大的、汆汆的、尖尖的），让巴里坤人的话有别于同在新疆各地州的其他新疆话。

巴里坤的大户姓人家不仅都有显赫的过去，而且都带着明显的家族符号。倪家的兰州湾子、蒋家和张家的商号、王家的祖屋、赵家的运输队、李家的鹿场。每户都连着家族的历史，连着巴里坤的历史。像钱家、杭家、陆家、孟家、屈家，这些姓氏的人家都是从江苏、河南、山东等支边来到巴里坤的。这些姓氏的小户人家是巴里坤的新成员，在巴里坤成立之前就来了。来时，他们都是年轻人，有的还没有成家。

大户姓人家和新户姓人家给巴里坤的历史又增添了新的元素，脸型后面的历史和饮食生活习惯的不同，为史学家找到了研究的兴趣。

按籍贯，我属于江苏。按出生地，我是出生在巴里坤的江苏支边人的第一代新疆人。

在远离父母亲江苏语言的巴里坤，我没有学会地道的江苏话。在父母亲扎根的新环境里的巴里坤，受近距离强悍的江苏话的干扰，我也没有学会地道的巴里坤话。

语言上的隔阂不仅让我从小成为巴里坤人眼里的南蛮子，也成为不同于新疆人的南方人。

在深圳，我不会说广东话，从长相说，陌生的广东人认为我是同根同水的广东人。而我总是一再强调，我是新疆人，是新疆的巴里坤人。

新疆人在深圳属于“少数”，因为人员少，统计数字的比例无法跟庞大的四川、江西、湖南、湖北这些离广东近，流动到深圳的人口比。巴里坤人是新疆人里流动到深圳最少的。

在深圳，我巴里坤人的特点才充分地显露出来。能做地道的巴里坤饭，能把家里整理得干干净净，对人热情豪爽，办得了或办不了的事都热情答应，对待同事也像对待亲戚一样，总让到家里做客，对新疆来的人也是热情招待。同事开我玩笑说，我是新疆哈密和巴里坤在深圳的办事处，话语里是表扬我的古道热心肠。巴里坤人特点最明显的要数我的母亲，她见到一个新疆人音量能从低八度瞬间上升到高八度，语音上的高指数，她从不知觉。高八度后的酣畅淋漓让她感觉跟新疆人说话太痛快了，以至于她忘记自己是江苏人，还有南方人纤细的嗓音。

在寸土寸金的深圳，在“握手楼”的深圳，我才知道巴里坤人嗓门大的原因。巴里坤的每个乡镇虽然在一个居民点，每家一户独立居住。空间距离远，音量传播远，嗓门大便成了特点。跟邻居说话时，不想进人家门，就隔着院子或者门大声喊。有时没有酱油、醋，隔着墙就可以让邻居把需要的东西送过来。

巴里坤有句口头禅：巴里坤人一张嘴，地球也要抖三抖。这不是贬义，是对巴里坤人豪爽侠义性格的总结。

嗓门大是健康的标志，肺活量大，嗓门才大；底气足，嗓门才大。巴里坤的女人嗓门大，肺活量运动不仅打通了周身的血液循环，还让脸颊上的高原红自然呈现而不需要抹腮红。健康的高原红让巴里坤女人鹤立鸡群，柔中带刚、妩媚中带娇羞、细心中带泼辣、能干中带精明。浓重的巴里坤符号，不仅让生活在巴里坤的巴里坤人从内到外流淌着巴里坤的气息，也让离开巴里坤的巴里坤人和在巴里坤生活的外地人流淌着巴里坤的气息。那种穿越地域的气流，生命不止，符号不改。

家园的荒落

我离开巴里坤的时候，巴里坤全国贫困县的帽子在冬天的戈壁上沉重地飞舞着，它飞舞的姿势再狂野也改变不了饥饿、贫穷。能出去的男人都在寒冷的打海子的队伍中消耗着生命。能出去的女人，仅仅选择嫁到城里，一个小县城就可以放飞女人一生的梦。

我离开的时候，大河还裹着棉被沉睡着，在没有经历过一场恋爱的大河，在没有正式工作的大河，我只带着一支笔把大河丢在了我的身后。我离开的时候25岁，我把25岁之后的梦留给了大河。

“七·五”事件后我从深圳回到了巴里坤，那是我离开大河10年后的第一次回家，在外地人惊恐地返回南方的日子里，我坚定地从深圳飞回家。我从乌鲁木齐到喀什，从石河子到巴里坤。

从深圳到南疆到北疆到巴里坤，我游历了上万公里，希望用我的眼睛看见平和的新疆、安全的新疆。7月的巴里坤，大河村庄上能见到的是极少数的老人和孩子。10多年前的老人们，我还没有来得及看望他们，一个个悄无声息地都躺在了戈壁上的坟里。10 年前的年轻人都成了中年人，我没有看到他们，他们都去了大的城市打工。10 年前没见过的新面孔都成了留守在村庄的孩子。

我在空空的大河寻找着 10 年前的面孔，他们在我离开的 10 年间也一年年把大河放在了身后的记忆里。他们带着孩子成了大城市的打工一族。我带着空空的大河回到了深圳，我在满是人流的深圳、拥挤的深圳想着空空的大河。

2012 年，我再次从深圳回到巴里坤，这次还邀请外面的巴里坤文化人回家过端午节。这是有史以来巴里坤对外地巴里坤文化人的第一次召唤。仍然是空空的村庄，仍然是仅有的几个老人的面孔、几个陌生的孩子的面孔。大河村庄的路，安静得听不到摩托声和牲畜的叫声，那些嘈杂的声音、喧闹的声音都空洞地走失在 10 年前。

我把我看到的空空的大河告诉了当时的县委书记陈毅士，他说："人们总是愿意去跟有灵魂的人亲近，并且不由自主地走近他、欣赏他。同样，一个城市有了灵魂，人们才有归属感，才爱他，才不会离开他。"巴里坤县委班子希望把巴里坤建设成有灵魂的城市，让考到外面的巴里坤的大学生愿意回到巴里坤工作，让在外地打工的农村人愿意回到他们自己的家里工作生活。有了家园，有了工作，人们才会归来。

2012 年，巴里坤新的油田、电能、风能等资源型大项目在戈壁深处的三塘湖遍地开花。守着聚宝盆而贫困的巴里坤甩掉了过去贫困的帽子，规划着新的巴里坤城，规划着新的大河、奎苏、石人子。

这些熟悉的村庄名字曾经熟悉在我过去的时光里，我偶尔翻一下他们的名字，过去的日子就在我的眼前。日头照着的日历被风干了、发黄了、陈旧了。

今天的巴里坤，60岁了。上有老下有小的60岁；刚刚从贫困走向小康的60岁；刚刚把荒漠戈壁建成绿色家园的60岁；刚刚把旧城翻成新城的60岁；刚刚把未来浓墨重彩地画出蓝图的60岁。他足够年轻，但是已经历经风雨，有了凝聚的底气。[1]

他终于有能力一批又一批地把漂泊在外的儿女们接回来了，他要一天天地接，一月月地接，一年年地接。

他迎接人们的路上，都铺好了柏油。柏油路从哈密直通向巴里坤，从乌鲁木齐通向巴里坤。

他迎接的路一直在延长，从哈密通向北京、广州、郑州、上海。他迎接的路一直在准备着节日，一年12个月，每个月都有节日。

就像当时一批批走出巴里坤的人们那样，回家也要一步步向家园的方向迈，一批又一批地归来。

在归来的队伍里，我希望看到20年前的村子里的人们，他们老去的脚步能够踏在熟悉的泥土上，他们老去的声音能够响在熟悉的屋子里，他们老去的面孔在皱褶吹散后还能够认识我，他们老去的白发里能够有年轻的一缕，是曾经我梳过的一缕。

我能开心地看着他们，沿着原来走出贫困地的路，幸福地归来！

---

[1] 编注：巴里坤哈萨克自治县成立于1954年9月30日。

草原的颜色

父亲的18岁和母亲的18岁一样，他们从鱼米之乡支援边疆建设，在18岁以前，他们的生命里谁都没有对方的名字。他们像南方的两条陌生的河，向同一个方向的流淌让他们彼此感知了对方。当父亲在草原上很拘谨地看着他羞涩的媳妇时，他才19岁。他刚看到的草原的颜色里装着母亲作为劳模特有的表情，他年轻的脸上写满了太多兴奋的想法。他把嘴巴凑在母亲耳边想说什么时，母亲捂住了嘴巴，他们都闻到了对方呼吸里的羊肉膻味。

19岁的父亲穿过整片草原用了12年时间，他本来打算在走完所有的草原后，在草原的中心搭一顶帐篷，养一群牛羊，让母亲做个真正的牧人妻，让他的五个孩子在草原上放牧。他在帐篷里吹拉弹唱，做牧主。

母亲成了大河人叫在口头上的铁姑娘，她的身影忙碌在大河的田间地头。因为忙碌，母亲没有像大河其他女人一样安分守己地为自己的男人洗衣做饭，点亮煤油灯等待着外出干活的丈夫回家。母亲头上的劳模光环照亮了大河以外的村庄，她总是冲锋陷阵把什么活都干在别人前头。

在母亲忙碌的时候，父亲总是拿着他的二胡，穿过草原，走进他哈族朋友的毡房，和冬不拉一起高歌。他常常陶醉在二胡和冬不拉混杂在一起的乐感里。音乐里，没有汉语和哈语蹩脚的交融。父亲不是纯粹的音乐人，他只是支边队伍中有点文化的门外人。他也不是纯粹的文化人，他没有文凭和学历。但在大河，还有生长在大河的那大片草原，父亲的二胡点燃了草原生活的激情。

父亲穿过草原，必须过四条河，三渠、四渠、五渠，最后是大河。这些河上都没有桥，父亲必须蹚水过河。在蹚过所有河后，父亲坐在哈族毡房里，他的笑声和二胡音乐同时响在毡房的每根羊毛绳子上，响在他蹚过的河的中心。会说哈语的父亲成了哈族毡房里不可缺少的朋友。每次父亲回家，都会带来丰盛的奶制品，奶疙瘩、瑙馍琪克、乳饼，让我们童年的胃饱尝了牛羊的精血。和其他饥饿的孩子和大人相比，父亲穿过草原的路喂饱了我们的童年。

母亲在用她的江苏扁担挑出大河的团结水库时，她南方人的肌肤终于抗不过新疆零下 40 摄氏度气温的侵蚀，她得了类风湿性关节炎。24 岁的劳模母亲不愿意躺在病床上，这是使她最伤心的结果。24 岁还有许多事要做，她的江苏扁担刚刚磨开竹子上的硬结，她一天能割 8 亩麦地的镰刀也刚刚成了月牙，她还没有陪父亲真正开始打理他们自己的生活。母亲像一堵墙倒在了自己的地基上，她风光的时光在她头顶上飘荡。

父亲终于有时间在床边守着母亲，他穿过草原的次数少了，他的哈族朋友经常骑着马来看母亲。二胡和冬不拉的音乐从汉族的土块房里穿过大河的村庄。偶尔，父亲会挤出时间为大河的人家做些家具，盛面的红柜，吃饭的小方桌、板凳。母亲从来不知道父亲是什么时候学会拉二胡、做木匠的。有了父亲，我们全家的生活过得很滋润。

南方的闲地太少，不可能有大得无边的草地让父亲悠闲而自在地随意踩踏，父亲踩在草原心脏的时候，他要做草原牧主的愿望更坚决了。他要让身患类风湿性关节炎的母亲坐在毡房的花毯上，听他演奏二胡绝唱，歌颂她的劳模光辉。父亲在穿过草原的第 12 个年头的夏天的一个下午，为帮邻居拉出被一匹马陷进坑的柴车将31岁的生命奉上。他飘逝的前几分钟正为母亲擀着长面，他的长面还没擀完，他和面的手还没来得及洗，他还没来得及告诉母亲，面等他回来了再擀，他什么都没来得及做，包括他要做草原上庄园主的想法，以及他五个孩子的人生怎样安排才能让他们走好而不摔跤，都还没来得及对母亲说。

31 岁的父亲飘逝得太匆忙，匆忙得挂不住母亲悲伤的泪水。他没擀完的长面吃了大河全村的人。

在父亲飘逝的 31 岁，7 岁的我和 9 岁的哥哥挑着母亲用过的江苏扁担走进了父亲穿行 12 年的草原。在同样的草原上，年幼的我们和父亲走进草原的经历记载了两代人的人生走向。父亲穿行的草原，铺满了他理想的庄园的颜色，他凭着一把二胡就可以让长耳朵的草原为他心中的梦想舞蹈。一个让新疆人称为“南蛮子”的南方青年，用一把二胡赢得了草原毡房里的喝彩，父亲是值得骄傲的。我和哥哥走进的草原，没有我们的颜色，草原大得装不下我们的小小愿望，一条母亲的劳模扁担就够我和哥哥挑好长时间。我们走进的草原，只是为在满滩满草原上拾满肩挑的两筐牛粪，来垒旺冬天的火炉和夏天的锅台。整个夏天和整个冬天，我们的小小愿望在满草原的牛群尾巴后面奔跑，随便一头牛拉的牛粪，就够装满我们江苏扁担挑着的两个岌岌筐。我和哥哥将家里过冬要烧的牛粪堆满了我们家的院子。拾牛粪的业绩和父亲的二胡没法相比，这一点我和哥哥都明白。但我们琢磨不出父亲拉二胡是从什么时候开始的，连母亲也不知道。

当哥哥懂得光会拾牛粪长大没出息的道理时，他偷偷地从母亲藏得很严实的地方偷出了父亲留下来的二胡。怕母亲发现，哥哥悄悄地溜进草原躲在草地上翻弄二胡，他穷尽了年幼的智慧也没有将二胡拉出动听的音乐。哥哥在为弄坏的二胡重新包了一块猪皮后，被母亲发现了。母亲可着病体中的全部力气将年幼的哥哥的手打得红肿。一把父亲留下的二胡，她看得比自己的生命都宝贵。多少年过去，大河没有一个人能拉出父亲当年二胡的声音。父亲的二胡被儿子的手倒腾得面目全非，最终只留下了个残骸。母亲说，这是命。哥哥是走不上父亲的路的。

哥哥在长到父亲走进草原的 19 岁的年龄时，大河的人都说，这是曾经的父亲。母亲看着父亲年轻时的照片，她不能否认儿子是太像丈夫了。哥哥满脑子的想法跟父亲当时的想法一样多，但他的想法没有父亲那样壮阔，父亲想当草原上牧主的想法，哥哥想都没有想过。哥哥的愿望都在太多的想法里，他不知道靠自己的努力，这些想法里，他能实现哪一个。

哥哥又开始偷偷地翻弄笛子，七个眼的笛子让他浪费了好多笛膜。他学笛子的时候没有走进草原，他意识到草原的辽阔无比会让他五音不全的笛声无地自容。他躲在房屋后的雪地里练习吹奏，他的嘴巴吹肿了，笛子消耗了一个又一个。哥哥没有把自己练就成吹奏笛子的能手，他也没有像父亲那样赢得满毡房的喝彩。

我在哥哥吹奏笛子的时候走进草原，我踩着一块块湿牛粪寻找着年轻的父亲穿过草原的痕迹。如果父亲还活着，他一定是一个很棒的草原牧主，我希望活在父亲的庄园里做一个牧羊女，放牧着草原上所有的牛羊马群。我挥动鞭梢的声音就像父亲的二胡声，让我的牛羊马群竖起它们听话的耳朵奔跑在音乐声里。

我踩在父亲壮阔的愿望里想象着父亲当年穿过草原的表情，他穿过四条河一直往前走，走到哈族的毡房，成为他们的朋友，和哈族朋友用哈语交流，用音乐交流。他没有骑马穿过草原，却用双腿跨过草原，成了毡房里的上上客。我们没有父亲壮阔的愿望，在父亲跨过的四条河里，没有一条河留下我们的足迹，我们年幼的脚步不够坚实，踏不出一条属于我们要走的路。我们没有一个哈族朋友，不会说一句哈语，面对整个草原，我们的愿望小得可怜，它攥不住任何可以飞翔的翅膀。我们寻找生存的路也远远比不上父亲，父亲从草原上为我们带回来丰盛的奶酪，让我们度过了一个富足的童年。我们在草原上只能拣拾牛粪，为冬天的火炉添一把简单的火苗。在草原的四季，我跟着转场的牛羊深入草原的心脏，那久远的二胡声敲打在我年轻的肺腑，我蹚过父亲响在河流里的二胡音乐，拿着一支笔开始了远离草原的准备。

哥哥发现自己的笛子吹得很失败的那一年，他悄悄地拿起父亲留下的锯子、手斧、刨子离开了草原。就这一样哥哥像父亲，无师自通。他走进了城市，他走时没有回头。

母亲从 31 岁起一直守着父亲飘逝的灵魂，看着草原四季的变化。父亲的身影是抹不去的长镜头，从穿过草原的四条河里蹚水而过，他向母亲走来，走进母亲的灵魂。母亲心甘情愿地让父亲的二胡音乐将黑发敲打成根根白发，她拿起梳子，将掉落的白发梳成一段段二胡音乐。

让一匹马疯狂的草原

木纳汉躺在春天的草原上，他嘴里蠕动着一棵干草，他的眼前是锦缎子一样燃烧的马匹股，一排排地伸展到很远。马们打着响鼻吃着草，全然没有理会主人此时的想法。木纳汉就在此时吹起了嘴里的草，全草原的马都竖起耳朵，不知发生了什么事。马们像红色的云团从遥远的天际飘摇而过，堆在木纳汉眼前。

青草味很浓的热气打在木纳汉的脸上，这让他有种很舒展的感觉。他伸出 40 多岁有点老皱的手摸到的是马嘴巴。木纳汉随便捧过来一个马的头，竟号啕大哭起来。

他放了 20 年的马，在草原上滚了 20 个春秋，和马们息息相生，不知道游牧生活之外还有个女人，不知道自己的游牧日子会到此结束。光棍一条的木纳汉明天要扔下放马鞭重新拿起锄头种地，这让他怎么想也想不通。

马们竖起的耳朵里灌进去的全是主人的号啕声，明天，所有马群里的马都会分给农户，马们会结束群居生活。马会怎么想？

木纳汉一骨碌从草地上翻起身，随手抓过一匹马的棕毛，跃上马背，让马的四只蹄子疯狂地踩在草原上。马在疯狂地有节奏地狂奔着，木纳汉在没有鞍具的马背上狂奔着，一个真正的牧人的形象就立在草原的心脏。木纳汉要的不是形象，他要的是整个草原和整个草原上的马群。20 年了，他用那双日渐老去的手抚摩遍了所有的马，用日渐老去的脚踏过了所有的草原。他一直把草原当作自己的妻子，把马当作自己的儿子、女儿。他已习惯的日子里，放不下任何和草原和马群无关的人和事物。村上的人都说，木纳汉和牲口们住得久了，人也变得和牲口一样，不会说话，不懂人情世故，不懂男女生活，白活了一把年纪。木纳汉照旧过自己习惯的日子，任红口白牙说长道短。他每一天都踏踏实实地看着马群出圈，星星点点地散布在草原上，看草场如何储备马们过冬的草料，他就在马膘肥壮的日子里一天天老去，却浑然不知。有一天，木纳汉的眼睛扫过马群，一匹小马驹正躺在母马怀里享受温情。木纳汉的眼睛里多了点柔情，他轻轻地走过去抱着小马驹抚摩着，抚摩的动作像个女人。木纳汉从来不承认自己想过女人，因为他心里藏着的女人太精致，他生活的村庄找不到这样精致的女人。他放牧的草原太旷远、太博大，珍藏不了这样的女人。他只能把她放在心里，用他男人的心脏暖着她。精致的女人是木纳汉的梦，他承认。也只能是个梦，伸手可触又遥不可及的梦，让灵魂不得安宁却又不能撒手的梦。

在没有鞍具的马背上狂奔回来的木纳汉和刚才号啕时的样子已判

若两人，他回到了仍在竖起耳朵听命令的马群里。看到马群里一双双水汪汪的眼睛，木纳汉像做了亏心事不敢抬头看一眼这些牲口们，他觉得，在一群牲口面前号啕，丢了一个牧人的脸。不，在一群儿子、女儿面前哭泣不是个好男人。木纳汉自责的表情里装满了心事，马们是看不懂的，这些吃着草、打着滚、驾辕撂尕子的牲口们，自然是幸福快乐的。它们幸福什么？快乐什么？它们有过木纳汉此时此地的痛苦吗？它们的主人在20年的时光里深入地了解过马的内心吗？如果，木纳汉把马们真当牲口看，牲口的内心世界就会被人看得清清楚楚。可是，木纳汉把这些牲口们看得比儿女更重要，他对牲口的爱护多了人的感情，马们对他做出任何伤害的举动，他都可以原谅。比如，有一次，一匹母马跑丢了几天，木纳汉几天几夜没合眼在大草原上跑着找，终于在野马群里找到了母马。还有一匹调皮的儿马踢肿了木纳汉的眼睛，木纳汉都没有舍得拿起马鞭抽打这些不乖的牲口们。在春天的这样一个日子，这些不会说话的牲口让木纳汉多少有点感动。木纳汉以一个漂亮的飞跃姿势骑上了踢他眼睛的儿马，他拿起套马竿轻轻地扬起来，嘴里“嗦、嗦”地叫了几声，那些缎子一样滚动着的马群悄然滑向四野，遍布在草原。

这是木纳汉一生里疯狂的一天，这一天把他积攒了一世的生命激情打击得支离破碎。他从没想过这一辈子会放弃手中的套马竿，放弃马群。他也从没想过这辈子还有另外的生存选择。游牧民也能过上定居日子，不用满山坡地跟着牲口转场。这一天来得太快，快得让他没有一点心理准备。他疯狂地在那匹儿马身上抖动着全身的威风，他手中的套马竿准确无误地命中任何一匹他想套中的马。整个草原滚动着红色的流云，流云上面是一条甩得很响的套马竿，木纳汉在流云中尽情地挥洒着他这辈子的生命激情。他要让生命中珍藏了很久的那个精致的女人看看，真正的牧人是个什么样子。

穿过岁月眼睛的女人

女人在一条寂寞的路上慢慢地成长起来，她成长成玫瑰，开放在自己的手心，凋落在岁月里。一个女人从这条寂寞的路口走了35年，35年的容颜在岁月里一点点地被剥蚀，她还没来得及开放。没有开放的玫瑰，青春消失的玫瑰，这个女人是我。

（一）尕奶

我睁开眼睛看到的第一个女人不是母亲，是邻居尕奶。我是说，我很小的时候认识女人的最初感觉。尕奶50岁成了尕爷的后妻，成了60岁尕爷的四个儿子、两个女儿的后妈。在尕奶活着的日子里，她总是倒骑着一头黑毛驴，唱着一首河南调子，旁若无人地走在通往干渠的路上。这条路可以穿过庄稼地，往上走，可以走到干渠上面空旷的戈壁；往下走，可以穿过整片草原。穿过空旷的戈壁和整片草原后，出现的就是四面环绕的山。尕奶这辈子没有穿过戈壁，更没有穿过草原，所以她不知道山以外的那些城市。她的那头黑毛驴也从没有带尕奶胡跑丢了，黑毛驴闭着眼睛都知道这条土路要拐几个弯。更何况，这条路是条直路，几十年了没有弯过。

在男人都不爱骑毛驴嫌丢人的时光里，60 岁的尕奶倒骑着黑毛驴成了这条路的风景。所有男人女人的眼睛都长满了内容，从一开始的嬉笑，到后面的牢骚，直到再后的熟视无睹。一身黑衣的尕奶倒骑在黑毛驴的背上，张着嘴唱着谁也听不明白的河南调子，她好像从没睁开眼睛看过人们长满内容的眼睛是怎样评价的，也从没吆喝过黑毛驴停在什么地方，她也没有要耕的庄稼地，她去哪里，只有她自己知道。她的河南调子遥远地渗透到庄稼的叶子里，被风轻轻地挤到路边。

我在踩着这些叶子的时候，感觉到了尕奶的悲伤，渗透着河南调子的庄稼叶子细细密密地渗透进我的心里，那时，我还是个少不更事的小女孩。我根本不懂一个女人一生的经历是一条寂寞的路，这条路上开放着玫瑰，开放着灌木，开放着红柳，开放着芨芨草，开放着女人一生的心情。我少不更事的年龄里感受到尕奶的悲伤，是泪水。尕奶是用河南调子在对自己诉说悲伤，她的泪水流淌在每一个长长短短的音符里。

尕爷的四个儿子、两个女儿从没张口叫过尕奶妈，尕爷对尕奶说："我不能死在你前头，要不，有你受的罪。还是你先死吧，你死在前头是福气，你先死，我后面跟着死。"

尕奶骑不动黑毛驴了，黑毛驴也老得驮不动尕奶了。尕爷用卖黑毛驴的钱给尕奶买了个奶山羊。尕奶像宝贝似的牵着奶山羊找水草茂盛的地方吃草。等山羊吃饱了、喝足了，尕奶便开始挤奶。挤奶的过程是尕奶最幸福的时候，她的两只老手灵巧地揉捏着被奶水充盈满的山羊乳房，奶水刷啦啦地下在白色的瓷缸里。在这一刻，我不知道尕奶想没想过自己年轻时有过的幸福快乐的时光，她有过儿女吗。

尕奶经常把山羊奶送到我家，然后用她的老手在我们的脸上搓着，她坐在炕沿上，细小的眼睛里滚出一串串泪珠。她说："娃娃们，哎！娃娃们，你们不懂。"

尕奶的泪珠在我童年的岁月里寒冷着，我年轻的手拈不起尕奶的一滴伤心泪，拂不去她脸上日积月累的一丝沧桑。她的河南调子在秋天的叶子里飘失得很遥远很遥远，女人的青春却飘不回来。我没有看到过尕奶的从前，村里人也没有看到。尕奶从前幸福吗？快乐吗？我不知道。她把她老了的现在留给了一个女孩，一个少不更事的女孩。这个女孩是我，在少不更事的年龄里，穿过一个沧桑女人的经历。

（二）新娘

我睁开眼睛看到的第二个女人是李俊成的新娘子，我还是在说我对女人最初的感觉。

一架披红戴花的马车把李俊成的新娘子从干渠队娶到了几里外的村庄。为了要看新娘子，我背着书包逃了一天的学。我们上学经常从李俊成家门口路过，李俊成也经常从我们的眼皮子底下走过，我们熟悉李俊成就像熟悉我们的书包一样。其他人娶新娘子不关我们的事，但李俊成不行，年纪轻轻的李俊成满脸骆腮胡子，长着一双眯眯眼，他凭什么娶新娘子。我守在李俊成家的院门外，站在高高的粪堆上，眼睛寸步不离李俊成左右，李俊成走到哪儿，我的眼睛跟到哪儿。

站在婚礼上的李俊成满脸笑容，笑容让他的眯眯眼变得更小。他身旁的新娘却哭红了双眼，而且仍然在流泪，她扎着红头绳的两条辫子躺在扁平的胸前没有一点生机。主持婚礼的司仪不管新娘哭成什么样子总有法子把婚礼的各项内容进行完毕。

婚礼散了，我小小的书包里装满了新娘沉重的眼泪，我不明白，新娘为什么要哭。

以后的日子里，大河的任何一场婚礼我都要看一看，看的结果都是一样的，所有的新娘都和李俊成的新娘一样，哭红了双眼。

我一直把新娘的眼泪装在书包里，从 7 岁到 17 岁。在走过的 10 年间，所有被我看到过的新娘都改变了模样，她们生儿育女，变得粗糙。她们成了妻子、儿媳、母亲，在多重角色里演绎着女人的精明、能干、强悍。她们可以站在马路上扯着嗓门骂自己的男人毫无羞涩；她们可以蓬头垢面地晃悠而忘了梳理自己；她们可以和婆婆对骂比着高低；她们扁平的胸脯高高地挺立着，诉说着女人走向成熟的经历。

我的书包满是她们从前的眼泪，但没有一滴属于现在的她们。我储存的只是一个女人在成为妻子以后仅仅属于女孩的记忆。

风荷要出嫁了，她抓住我的手说：“我怕做新娘。”

通过手的温度，我感觉到风荷内心的颤抖。但我帮不了风荷，我不能对风荷说：“新娘你别做了。”

风荷在杨子办婚礼的那个晚上告诉我："你知道我怕什么，听了你就明白了。"

在那个晚上，我攥着风荷的手，站在杨子的新房门口，我们真的听到了杨子痛苦的尖叫，尖叫声穿透了我们的心脏，它覆盖了我们站在冰天雪地里的寒冷。

我们的双腿沉重地从杨子的新房逃走。在烧着炭火的新房，杨子你应该不会感到寒冷。

风荷在正月里出嫁了，她的伴娘没让我当。因为我们都怕再听到杨子的尖叫。风荷的嫂子做了伴娘，她哄着小姑子坐进了娶亲车。

娶亲车里风荷哭红了眼睛，我看着这双眼睛开始逃离，我对自己说：我是不会做新娘的。

（三）丰乳肥臀

我睁开眼睛的时候，大河女人的胸都是平的，扁平的胸外撑着一件大号的单衣或者棉衣，在四季分明的田野里走着。她们用音域很宽的笑声证明着女人性别的优越性。

我呼吸着这些从扁平的胸里呼出的二氧化碳长成 18 岁的女孩，没有发育成熟的 18 岁，我的胸也是扁平的。我们的成长静悄悄地渗透进大河的土地，像大河土地里干瘪的种子。任何丢弃和存在都没有引人注目的惊奇。

我身边的女人们过早地风干了水分，她们把时间全部给了家、丈夫、孩子。在岁月里闪断了她们曾经婀娜美丽的腰。

大河离城市很远，所有年老的或者年轻的男人、女人的目光很少落在城市的女人身上。大河的平静就在于男人、女人们没有太多的想法和奢望，偶尔从大城市里走过来一个涂脂抹粉的女人，要被大河人骂上几天妖精。

这是一个阳光温暖而闲散的下午，刘三全的女儿尕丫挑着扁担到三渠挑水，她家距离三渠有 100 米，这 100 米的距离正是被许大个儿家房顶上干活的人们目击的最佳距离。在房顶上的男人女人刚好休息，尕丫挑着水从三渠走来，两只水桶有节奏地在尕丫肩上的扁担下摆动着，她滚圆的屁股和滚圆的胸脯也在有节奏地摆动着。尕丫没有看到房顶上的人在看她，她一趟又一趟地挑着水桶从三渠到家里，她忘了这是 100 米的路，她这一个下午有挑不完的水。尕丫真的不知道自己的引人注目，她让房顶上的眼神燃烧着。房顶上的人们开始干活了，沉默里多了些内容，人们说，刘三全咋日鬼的，养出个好女儿。就这一个下午，刘三全的名字被房顶上的人们咬碎了。

第二天，尕丫出嫁了，嫁给了脸上有疤的城里人。人们都说，尕丫亏了。几年后，尕丫回家，她没有带着脸上有疤的丈夫。丰乳肥臀的尕丫已经成了过去的时光，她松弛的肌肤看不到城市里的好光景。

（四）母亲和我

我 20 岁的时候读懂了母亲，我却没有睁开眼。母亲那时 44 岁，守寡已 13 年。我闭着眼睛数着母亲一天天过来的岁月，数着岁月风蚀掉的母亲的青春。母亲和我不一样，她是睁着眼睛看着她的五个孩子茁壮地长大，看着一个寡妇在时间里的坚强。她看不到岁月这把刀子点点滴滴地将自己过早磨刻成风烛残年的样子。那些被风刮过的日子在母亲的心里煎熬成抹不去的记忆，她不可能不睁着眼睛去回忆。

母亲有很多机会改嫁，但她都坚决地拒之门外，连一丝改嫁的想法都没有在她心底存留。母亲 19 岁时成了支边队伍中最年轻的新疆维吾尔自治区劳模，她没把最辉煌的年轻岁月告诉她的儿女们，她只是珍藏着那最辉煌的照片看着它发黄。她轻轻地一声叹息抚摩着她日渐老去的容光和那被关节炎折磨的身体。母亲把所有开花的青春都给了大河，把最闪光的记忆给了大河，把最执着的爱情给了死去的父亲，把最痛苦的悲伤留给了自己。母亲用尽活着的勇气领着她的五个孩子往别人的生活前面赶。她明白，只要活着，她就不能输掉一个女人在生活里的位置。为了这个位置，母亲用独守一生的代价，放弃了重新选择生活、选择爱情、选择环境的机会。她牢牢地扎根在大河，任何风雨飘零都没让她独守的岁月动摇。

我在母亲的位置里闭着眼睛看到了几十年后的我的影子，那是一条满是荆棘、流言、荒凉的路。这条路开放不出玫瑰、开放不出灿烂青春、开放不出女人的玫瑰岁月，所有的风沙堆积成女人憔悴的一生。这条路母亲走过来了，大河所有的女人都走过来了。走过来的路上，她们没有沉寂在风沙堆积的憔悴一生里，而是用被像刀子一样的岁月刻下的皱纹数着走过来的日子，然后平静地善待生活，善待自己。

我老去的岁月离这条路还很远，那些渗透在母亲身上的岁月痕迹鲜明地照着我的去路。我往前走，将走上大河女人和母亲的路，也将永远地守着大河的土地，做大河的老了的女人。我没有退路可走，因为在大河的历史里，找不到退回去的路。我只有逃离，逃离大河。

我逃离的路上没有一处和大河相似，那些用水泥修成的路面上飞舞着高级轿车，大河的驴车怎么能够和它们相比。我在一个城市又一个城市穿梭，心中装着尕奶、风荷、杨子、尕丫，装着母亲和大河所有的女人。我希望自己不要成为她们中的任何一个，我希望自己的逃离会改变原来的生活。我居住过的城市都很美丽，美丽得听不到杨子曾经的尖叫，看不到风荷出嫁时的泪水。所有的年轻女子都高高地挺着她们饱满的胸脯，在美丽的街上颠簸着走，她们黑色的嘴唇上涂着城市的诱惑，但没有一个像尕丫那样美丽得可爱，美丽得纯情。我用10年的时间在我经过的城市中行走，行走在人群里，仍然能够看到母亲和大河女人的影子。只是这些影子不是来自大河，它们来自城市以外的其他乡村。

我从这条寂寞的路口走来，走过35岁，青春消失的35岁，我还没有来得及开放。

白家爷

白家爷死了快20年了，村里人还念叨他。

白家爷住在我们村的东头。

不知从什么时候开始，村里人忘了白家爷叫什么名字，只管他叫“白家爷”。白家爷一直住在山里，守着村里的几千亩地。小时候我跟大人上山，总看到白家爷骑着一头毛驴在满山洼转，看有没有牲口糟蹋粮食。夏天的季节他天天如此，没有人管他，也没有人吩咐他去做，然而他就这样做着，不厌其烦。一整个夏天下来，白家爷整个人黑得只剩下两只眼睛还明亮如初，他的毛驴也瘦了一圈。

白家爷一个人守着满满的山和空空的房子。小时候的我总是问：“白家爷，你一个人不害怕吗？”

白家爷爽声大笑说：“傻孩子，害怕什么，鬼都和我说话呢。”

被大人们渲染得神乎其神的鬼，在白家爷嘴里像神话一般。我便紧张地追问：“鬼是什么样子？”

白家爷说：“鬼和人一样，你不惹他，他也不害你。”

村里的孩子不怕大人却怕白家爷。谁家的孩子不听话，大人便唬说：“你看白家爷领着鬼来了。”吓得孩子们乖乖躲进大人怀里，而大人们则笑成一团。

等山上所有的粮食都收割完了，白家爷才骑着他的毛驴下山，在家里待几天。白家爷却无法在家里闲待着，村东头村西头的男人女人娃娃们就上门烦他。今天张三家的羊不见了，明天李四家的毛驴找不到了，后天谁家的马又跑丢了，都来找他。

白家爷从不让村里的男人女人娃娃们失望，再忙，他也很认真地拿着羊粪蛋掐掐算算牲口丢失的方向。丢牲口的人家只要按白家爷用羊粪蛋滚出的方向去找，一定能找到牲口。以后，凡是丢了牲口的，也不下力气找，专等白家爷骑着毛驴下山。如果白家爷不下山，丢牲口的就跑到山上找白家爷。

有一次，我们家的毛驴丢了，哥哥也像村里其他人一样上门求白家爷，白家爷滚了一圈羊粪蛋说：“你去东边，不要往上走，也不要往下走，就在东边的芨芨滩里。”哥哥照白家爷指的方向，果然找到了毛驴。

村里人都盼望着冬天能够再长些，好守着白家爷听他讲关于他跟鬼打交道的故事。每次故事刚刚开了个头，白家爷就又骑着毛驴上山了。年年如是，白家爷总是把故事的开头留给村里人，留给村里人太多的想念。

满山满洼的地，白家爷闭着眼睛都能如数家珍地说出山洼的名称，哪个山洼粮食长得好，哪个山洼水少，粮食已旱死了。

也不知是什么原因，我总想给白家爷写点啥，但又总是写不出什么。白家爷像秋天晴朗的天空，越捕捉越遥远。

1984年冬天的一个早晨，母亲带着一身寒气进屋说：“白家爷死了。”我睁大了一双眼睛确定了母亲的表情里透露的是真实的消息时，我觉得秋天晴朗的天空里黄色的秋叶在一层层地下落，它落在我被母亲带来的寒气包裹的心里。

就在那个早晨，我拿起笔写出了《离不开的老人，走了》：

三村里有位离不开的老人 /

离不开的老人久住深山 /

每次从山里来 /

就有一群爱喧闹的后生团团把他围住 /

这时，他会慢悠悠地抽锅水烟 /

有滋有味地讲起 /

他与鬼打交道的轶事 /

于是，鬼的童话便在三村里流传开了 /

他会用羊粪蛋滚出丢跑的牲畜 /

每次从山里来 /

一个个失主便登门叩求 /

得到一线晨光般的希望 /

当失主失而复得提着礼物答谢他，他却走了 /

现在他真的要走了 /

到阎王爷的天国去 /

那里有他的父母兄弟 /

然而他却走不了 /

他有儿女孙子还有那一双双期盼的眼睛 /

他还是走了 /

留下众人万千思绪 /

山里面是没有鬼的 /

只要你不怕鬼 /

诗在甘肃《飞天》诗刊发表了，这是我的处女作，那年我 18 岁。编辑点评说，诗写得很有草原气息和生活情趣。

在 18 岁的梦里，白家爷留给我的不仅仅是他的故事，还有我对生命意义的追问。

流水村庄

我在千里之外的高地眺望大河，曾经那些忧伤、快乐、悲苦的手劳作过的大河，就在我生命最容易被记忆的地方存放着。当我用 35 岁的手打开它时，大河淹没了我居住的城市。大河是从东往西一直沿一条河的水流向建立的村庄，东西长度从大河的源头到末尾，源头的水多一半是山上常年积雪融化的雪水，少一半是从水库里渗漏的。

大河的水是很浅很浅的，淹没不了大河的河床。大河也真的没有什么河床，那些浅浅的水根本用不上河床的阻挡。大河的水就这样一年四季随意地、不经意地流着，想湿哪块草皮就湿哪块草皮，想流进哪块庄稼地就流进哪块庄稼地。过路的牲口渴了，伸进蹄子，想喝几口水就喝几口，想在河里打个滚儿就畅快地打。

大河就用这样闲散的姿态流淌了百年，百年的历史里它一直就这样旁若无人地、简简单单地流淌着，它几乎没有让人们赏心悦目的、引以为豪的历史典故，于是人们就把那些从东往西的村庄以这条百年的河命名为“大河”。生活在大河的人们最喜欢说的一句话是：我们大河。大河的男人女人们也像大河的水一样，用简单的、随意的、闲散的、轻松自在的方式打发着自己的日月。反正一年的庄稼只忙夏天里的几个月，剩下的时间就是走家串户，靠着墙根有事没事地晒太阳、磨嘴皮子、扯闲话。居住在大河的人家是没有秘密的，谁家男人晚上做了亏心事，打了老婆；谁家夜里丢了一把铁锨、一把扫院子的扫把；谁家姑娘养了私生子；第二天天一亮全村庄的人就都知道了。大河藏不住隐私，这让那些想在寡妇家里占便宜的贼汉子只能手心痒一痒，或者无奈地坐在哪堵墙根里跟有男人的女人们扯呱上几句，算是心理平衡了一些。假如你真有贼胆撞进寡妇家的门，寡妇不叫则罢，如果听到叫喊，那对不起，你只有吃不了兜着走，全村的男人会立刻冲出家门，顺手拿一根木棍、铁锨什么的，那种一夫当关万夫莫开的气势，定让你受好长时间的皮肉之苦。

生长在大河的男人是有贼心没有贼胆的男人，他们在大河透明的空气里，和他们的女人一块下地锄草、割麦子、打场、出外打海子挣钱。他们的面孔被长年累月的紫外线亲抚成古铜色，无论他们走进城市的哪块天空，城里人都会从脸上的特征认出他们是大河人。大河的女人们脸上也有着明显的特征，红苹果一样的脸蛋不用擦胭脂，透明的红。城里人看到这样的面孔总是用挤眉弄眼的神态说：“大河人。”

大河人每家都有一个大炕，一个大炕可以睡祖孙四代十几口人。

我小的时候，大河还没有实行计划生育，大河每家每户的炕上排满了大毛二毛。刘学义家是大河姊妹最多的人家，他父母生了 12 个孩子。他父亲死得早，母亲一人拉扯12个孩子长大成人。本该指望12个孩子养老送终，可面对70多岁的老母亲，12个已成中年的子女互相推诿，无一人愿意承担母亲晚年的生活。还是大河人好，你家送碗面，他家送碗肉，养活了老人直到死。以后，凡是已经生了4个女儿，男人还要让女人生个男娃的时候，女人们就嚷嚷："生什么生，像刘学义母亲那样，养了12个，老了连个送口饭的人都没有，早知道这样还不如生下时捏死算了。"女人一提起刘学义家，再唠叨的男人都哑巴了。女人们当然高兴不会再次忍受生育的痛苦。

计划生育的宣传政策没人听，但提起刘学义家，男人们好像都看到了几十年以后自己年老的下场。男人们只好说："要儿子干什么，儿子是只狼，年轻时咬你，老了吃你，生女儿有福气。"刘学义家的例子让宣传计划生育的工作一通百通。

大河是透明的，更是闲散的。下雨不下雨对大河没有什么影响，大河的地是水浇地，不靠天吃饭，旱涝照样保丰收。它不像奎苏石仁子（大河其他乡），靠天吃饭，看着天气的脸色收成。大河一直是新疆重要的产粮区，这是做大河人唯一值得骄傲的事。大河人走到哪里都喜欢说：我们大河什么什么，我们大河怎样怎样。骨子里的气魄总可以压倒到大河做生意的"盲流"（大河人不做生意，把从外面来大河做生意的叫盲流）。

大河不能说是丰衣足食，这里的人只能算吃饱了肚子，但零花钱不够。大河的人饿不着，也富不了多少。大河的居民点从东往西一直敞开着，大河敞开的院门也敞开了大河人的胸怀。大河人只要把你当朋友，心都会掏出来给你。大河人对待远道的亲朋好友，是大锅的肉、大盘子的肉、大海碗的肉、大碗的酒、车轱辘大的馒头，是绝一无二的豪爽。大河人看不惯城里人小里小气的小盘子小碗、切得很小的肉片、虚情假意的问候。大河人去城里走亲戚都会带上整条猪肉、脸盆大的锅盔、面粉，怕一顿饭把城里亲戚吃穷了，让城里人笑话看不起。大河人的自尊跟大河的土地有关系，每家一份责任田，责任田长着大河人的自尊。大河男人喜欢蹲在田间地头说话，他们说话时眼睛总盯着前面麦子的长势。几百亩的梯田是几十户人家的地，谁家的地长得好不好往地头一站就知道了。土地不会撒谎，你施肥了还是没有，你施的是农家肥（厕所粪便）还是化肥，你把地平平整了还是偷懒没有，庄稼都会实打实地告诉人们。那些庄稼长势好的男人一下子比那些庄稼长得黄里吧唧像缺营养的男人高了一截子。农民赢得的自尊成为庄稼的好把式。同样一份地，他打出的粮食就比你多十几袋你不服气就种出个样子来。

大河能干的女人是家里死了男人的，或者男人在乡里干一份工作仍然有自留地的，或者嫁了个瞎孙男人的。大河的张月芬一个人种十几口人的地，地种得不比好男人差，还要照顾两个神经病小叔子，她长得瘦瘦小小的不像胖胖大大的农村妇女。每当男人看到自己胖大瘤腥的老婆干农活摔鼻子摔脸时就说："你看人家张月芬，人家是半个城里人，人家长得小手小脚却不娇气，你娇气个什么稀罕。"

女人马上回敬："人家好你为什么不娶张月芬而娶了我？"

男人低声低气地说："我娶你是我倒八辈子霉。"

女人说："你瞎叽咕个什么？"

男人说："我懒得说。"

能干的男人和能干的女人始终是有老婆的男人和有男人的老婆对比的对象，有了参照物，大河人的生活里就多了夫妻之间打嘴仗的故事，要不，大河无事可做的漫长冬季该是如何寂寞。

母亲一直感叹，她 18 岁从江苏支边来到大河是正确的，她想象不到还有哪一个地方能像大河这样，让一个死了男人的寡妇和她的 5 个年幼的孩子幸福地生活着。

大河的男人们成了母亲黑夜里的保护神。母亲晚上扣不扣门都无所谓，她会安心地和 5 个孩子一觉睡到大天亮。母亲的理由是，全村的男人都在的时候是最安全的，如果全村剩下一个男人时是最危险的。一个寡妇把 5 个孩子培养成人后赢得了全村男人的尊敬。母亲的名字在全村男人的嘴边挂了好长时间，村里没有一个女人反对她们的男人夸赞一个寡妇。

母亲觉得，她从南方城市来把青春和她的一生播撒在支边大河的热土上是值得的，即使这块热土埋葬了她热爱的丈夫。

家门前的公路

公路穿梭在现代化的城市，它的面容已被飞跃的速度打上了明显的等级标志，所有的车轮在它的面容上轻盈而过，像五彩斑斓的蝴蝶。

多年前，公路在穿过一片美丽草原的心脏，在乡村与城市之间穿行。公路颠颠簸簸坑坑洼洼翻江倒海的喘息让每一个想深入城市的乡村人感到费劲。

是谁把尘土飞扬的公路建在美丽的草原上？

多少年的车轮碾压，都没有人问起这样的问题。

而这条路其实不能称为公路，它是用三合土一层层垫起来的，是50多个村庄通向县城的唯一一条具有标志性的路。

这条路笔直地将一整片草原从中心切开，像插在草原上的一把匕首。没有血痕的伤痛长在我的视野里，在我成长的路途中刻下牢固的记忆。

在我还没有走出黄土飞扬的田野时，我对公路全部的印象就是这条用三合土垫起来的、一年四季扬着尘土、从 50 多个村庄穿过抵达县城的路。这唯一的一条公路属于所有村庄的每一个人，唯一具有了最典型的意义。因为它的存在，长年累月在庄稼地里劳作的男人女人们，便有了要到城里逛一逛、走走亲戚的理由，并将愿望寄托在公路上。有了公路，到城市的愿望才真实得像捏了一把泥土。

我 10 岁的时候公路开始了整修，在我之前的几辈人是怎样把他们毕生的意志投进这条公路的，我没有问过母亲。因为我脚下的公路已翻江倒海、伤痕累累，建设者的功绩荡然无存。

我们的建设仍然延续了父辈们的劳作，给翻浆的路面培三合土，让洼陷的地方平整起来。我们操作的是毛驴车，充当的是赶车人的角色。毛驴车拉着一车车沙土往返于基地和公路，我们幼小的手挥舞着鞭子抽打着偷懒的毛驴。

其实城市当时距离我们很近，就在我们抬眼和闭眼之间。我们挥舞着鞭子吆喝的每一声它都能听到，但我们没有进城，一个 10 岁孩子把对城市的向往全部寄托在了公路上。我们拼命地赶着疲惫的毛驴，站在车辕上，高高地举着鞭子，只要毛驴偷懒，鞭子就会响亮地甩下去。

公路两边是绿色的草原，驴时不时地抬头望一望两边的草地，然后使劲地放屁叫喊。驴的愿望比人的直接，一个 10 岁的孩子都能看透它想要什么。

在我 10 岁的那一年，公路仍然没有像人们想象的那样平坦，每一年人们照样重复着上年修路的经验，而路照样翻浆。翻浆的路堵住了好多过往的车辆，司机们都气愤地骂公路。

好在我的愿望简单，只想公路好走了到城里的书店去看书。路始终没有修好，我也从没有进过城里的书店。我初中毕业后，母亲让我和妹妹去湖滩拾粪，刚好惠萍从县城学校图书馆借来了《迎春花》，我一心想着上集《山菊花》里的桃子、于振海，便借拾粪的机会，躺在毛驴车里看完了《迎春花》。那天我们没有拾上粪，毛驴车颠簸在坑坑洼洼的公路上，我浑然不知，只一本想念多时的书就满足了我进城的愿望，多好。这样的笑话被妹妹宣扬了好长时间。

在 10 年后的秋天，一位从外面城市来的诗人，站在公路的两边，连声赞叹："太美了，草原！"对草原司空见惯的我大笑他的肤浅，"这还算美吗？你还没走进真正的草原。"在仍然颠簸的公路上，诗人骑着借来的自行车艰难地往前行走，他兴奋的表情里没有一点对公路的指责。秋风从公路两边的草原上穿过，绿色的波浪簇拥着一片绿海。公路上，小四轮驶过后高扬的尘土刮进诗人的眼里、衣服上，诗人只会说一句话："太美了，草原！"

是因为公路的存在草原才显得如此美丽，还是平淡的生活让人们对公路的期盼超过了自然本身？村里人无法回答这样的问题。

15 年后的秋天，一位女诗人乘公共车从这条公路上走过，9 公里的路，她花了近两个小时。还好，她是专门来看草原的，她细嫩的皮肤饱满着柔情，傻傻的眼神穿过车窗，向草原微笑着。公路在她脚下颠簸，她没有感到灰尘的入侵。同车的像碳一样黑的庄稼人瞅了半天诗人的表情，最终弄不明白诗人是怎么回事。庄稼人终于还是憋不住，说了一句："城里来的呆子。"满车厢哄堂大笑，笑后的喘息。诗人全然不知她成了一车厢庄稼人的笑料，她的表情依旧妩媚。

诗人不等车停稳，便迫不及待地张开臂膀扑向草原，她躺在草原的怀里喊："我要结婚！"刚好是下午，夕阳照着诗人白色的面孔，很动人。

女诗人真的不知道公路是怎么回事，她满心满肺全是草原。

公路在我离开村庄的几年后铺上了柏油，依维柯等豪华空调车取代了公共车。所有的车辆像轻盈的蝴蝶，在公路上飞舞。而这飞舞的蝴蝶只能成为我的还乡情结，我对公路而言，只是一名匆匆过客。在远离草原的城市，我在热闹的人流中静静地欣赏，绿色的草丛中，蝴蝶轻盈地飞舞。

公路还是一把匕首吗？我这样问自己。

风中的粮食

粮食在秋天的田野里正等待收割，握镰的手把准备了一个夏天的表情亮出来。粮食就装着这样的一份表情成为我们的心脏和血液，成为我们生命里重要的元素。

秋天总是短暂，几天抢收耕翻就把秋天的背景放在了记忆里，而秋天的过程每年都一样接近。

秋天好像在从前很忙碌，面对砍倒的大片庄稼，面对收割完毕的麦茬地，人们总不约而同地提着筐子，在麦茬地里捡拾麦穗。一筐又一筐，一遍又一遍。麦茬地划破了手，人们还是在捡呀捡，一直捡到第一场雪覆盖了麦地，人们再也捡不出什么的时候。

那时，人们在饥饿地捡拾着粮食，每一粒粮食都是信心。因为粮食，人们不再饥饿；因为粮食，人们总把秋天拉得好长。人们知道，只有秋天才可以装满粮仓。

曾经捡拾过粮食的人们已经老去，岁月留给他们的粮食仍然满满地沉甸着现在手中空空的篮子。在他们逐渐老去的目光里，曾经的粮食一年又一年照耀着他们昏花的眼睛。在那一大片雄壮的庄稼被收割的手一片片砍倒后，他们兴奋得成夜成夜睡不好觉。那种渴望丰收的心情在今天已经没有谁来认真地听他们诉说，听他们讲从前的秋天。

每年的秋天，他们照样提着筐子站在地头，他们的深情的目光找寻着属于他们昨天的粮食。金黄的麦芒在他们眼皮底下闪闪发光。他们对于过去的记忆一点点地被麦芒亮出来。这短暂的回忆过程着实让他们幸福了一阵子，他们挂着天真的笑容，像孩子找到了丢失已久的珍贵物品一样。然而，就在他们准备弯腰捡拾地上的麦穗时，地已被翻了过去。秋天快得让他们怀疑自己，想不明白从前的筐子怎么就一下子从手中丢失了。

秋天总是渐次远去又渐次接近，老去的人们也总是在秋天想他们曾经的麦地和不再抵御饥饿的粮食。他们的一生就这样很平淡地走了过来。他们忘记了很多，唯有粮食让他们彻夜不眠。无论是刮风下雨，无论是雪后奇迹般地冒出的一丁点冬天的麦芽，他们都会感到有一种平和的幸福滋润着年老的躯体。

粮食是他们一生的命题，这一生他们都没有怀疑过。

秋天在现在是一种收获，收获的多少总跟人们付出的劳动有关，地总要年年种，人们的情绪也一年好似一年。提着筐子捡拾麦穗的情景已经远去，饥饿的心情里对粮食的渴望已被众多的副食品代替，粮食的含义已消解成手中的冰棍或者其他的什么。

庄稼的孩子都往城市里挤，在拥挤的人流里，他们挤丢了捏在手里的最后几颗粮食，他们拼命地讲城里话、做城里人，他们拼命地改变自己，变得让身为庄稼人的父母亲都不认识了。偶尔看见庄稼地，他们也会亲近地走近它，而生疏的动作已远离了我们的粮食。

伊州客

对于伊州和哈密的名称，我更钟情于伊州。也许我的骨子里有南方人的基因，对土地的认同更倾向于远古。也或许哈密之名有脐带和瓜秧的原因，我总是在脐带外寻找着自己的来路。

瓜之秧是和生命连在一起的，有血脉和血统的成分。瓜之秧可以从现在追溯到很久很远，也可以从个人追溯到家族的历史。我的家族的根脉在南方，在很大的家族的姓氏里。那里有族谱，有一本沿着姓氏排名排辈分的书。在父亲来到新疆之后，我们放弃了族谱里的排名排辈，我们放弃了查询根脉的一根红线。二叔知道这个后，曾埋怨父亲把杭家的这支血脉带到了新疆，成为北方蛮子。不入家谱是我们对自己根的抛弃，也是对杭家姓氏的背离。

在哈密，我是瓜秧之外的另一种水果，应该是石榴，外面是坚硬的表皮，里面是鲜红的果肉。在看到石榴的时候，我曾一度认为她就是我包裹着的心，新鲜的颗粒，饱满的颗粒，水晶一样的颗粒，粒粒晶莹剔透。她可以没有秧，只需要一棵树干就可以生长，只需要水分和养分，只需要泥土和阳光，还可以选择在任何季节远游。石榴不需要秧，她是我的样子，在任何城市都可以称之为客人，而不是主人。

伊州更接近我的根脉，接近我寻找的来路。在新疆有了伊州时，我父亲的家族已经是南方很大的茶叶商，商号大得足以让整个南方人都羡慕，茶叶的运输就是从南方到伊州。这条伊州之路有我的祖先们经商的痕迹。难怪，每次想起遥远的丝绸之路上的驼铃声，我的灵魂都会为之颤抖，那种颤抖是跟生命的符号相联系的颤抖。每次提起哈密的骆驼客，我就会有似曾相识的感觉。在通往星星峡的古道上，有多少骆驼客用他们的足迹走瘦了整个驿站？有多少骆驼客在伊州的骆驼圈子安营扎寨，再启程往返，身后有多少故事，谁能细说与评说？在千百年前祖宗们发家的古驿道上，我们仅仅是来自南方土地上的伊州客。

这一点被父亲和母亲的选择再次证明。

父亲至死也没有明白，他的选择里有回避不了的伊州情结，祖先们通往的路上，有一种召唤是命中注定的，父亲逃避不了。祖先们把父亲放在伊州，魂也归不了故里。

50年前，一节老旧的火车皮把18岁的母亲和父亲从江苏泰州载向了哈密。跟他们一起前行的还有很多的热血青年，他们响应号召用青春、用热情去建设新疆、开发新疆。

火车皮到达的地方是哈密，这是江苏第一批支边青年到达的地方。透过火车的玻璃，支边队伍中的年轻人哭了，他们坐了半个月的火车来到的地方不是遍地黄金和遍地粮仓的新疆，而是遍地沙漠的新疆。有一半的青年没有下火车，他们按原路返回老家。哈密的荒凉，让年轻的母亲和父亲也流下眼泪，他们除了失望，更多的是担心他们以后的未来，在这样荒凉的戈壁能建成什么样的新城？但他们还是下了火车。

下了火车，他们就是新疆的第一批建设者。他们戴着红花，接受领导的接见，以及孩子们的欢迎队列，孩子们用鲜红的花欢迎支边的队伍，仅仅这些，就让年轻的父亲和母亲有了一丝失望后的温暖。

其实当时，父亲和母亲看到哈密的沙漠和很少的民房时，他们也想坐着旧火车皮原路返回江苏的家。但是父亲没有迈动他年轻的脚，跟他不认识的母亲也没有迈动返回的脚。

他们和剩下的支边青年坐着旧的大卡车翻越天山去巴里坤。

从此他们在巴里坤扎下了根，然后父亲奉献了 31 岁的生命。杭家的家谱还没有来得及重新装裱，父亲就离开了。

哈密成了父亲和母亲结缘的地方，成了母亲生命中折断的二胡。

他们所有在哈密的记忆就是那些可爱的孩子的脸和他们手中挥舞的大红花。只有英雄才有的规格在他们的记忆里一直珍藏着。

我认识哈密的时候已经 25 岁，在 25 岁之前的草原上，我想象着古伊州，那是我在书本里知道的名字。我更喜欢叫哈密为伊州，这个充满着盛唐文化繁荣的名字，感觉跟我的心是如此贴近。我似乎是我的祖先在那个时候在伊州的驿站种下的一株南方的水果，甚至经历过无数的时光，仍然生长在伊州的水果。

我在草原上捡拾牛粪的时候，总是想着哈密的钻天杨，想着哈密人口中比巴里坤好听的普通话，想着哈密的红砖房，想着比红砖房更好的楼房。那时，我希望我所有的想象里有一种水果的名字是我需要的名字。

在草原上我甚至连一场恋爱都没有经历。广阔的草原装不下我移动的心，我的心翻过了天山，离开了草原。我的心在认识哈密之前，不知道哈密瓜是怎么生长的，不知道哈密瓜被结实的瓜秧托着，输送着生长的甜蜜。我所认识的哈密，楼房慢慢地替代原来的红砖房。哈密的绿色已不是父亲母亲第一次见到的荒凉，大片的绿色延伸着哈密的道路，大片的田野延伸着戈壁滩上的空旷。

在25岁的我的眼里，我在哈密的路上找不到骆驼客的影子，神秘的骆驼客在书香里静静地发着光芒。

我走在哈密的柏油路上，我是一名伊州客。

我用笔写出来的文字没有根没有叶，没有未来没有过去，有的仅仅是一个少女的热爱和情怀，有的仅仅是一段忧伤的诗，是写给草原上的孤独、博大、辽远、辽阔。那时，我叫巴里坤湖为蒲类海，就像我喜欢叫哈密为伊州一样。在很小的时候，这种情感就在身体里发芽生长，把那些久远的名字叫在年少的嘴边，温暖像回到了内心。

我是伊州客，这真的是一种结局。

在我来哈密之前，哈密人叫我蒲类海。我真喜欢这个名字，因为它是巴里坤的名字。我宁肯哈密人忘记我本来的名字，而记住蒲类海。那咸涩的湖里有我的诗句，有我的梦想，有我灵魂的回归。即使写了无数首蒲类海的诗，我却依旧没有勇气拜访它。我想象里的爱情都是勇敢的战场，硝烟散去的战场太远太久，我只能守候住那一种苍茫的感觉。

2012 年，我再次回到哈密，伊州仍然是我最想叫出的一个名字。哈密街道上，满眼的垂柳伸展着她们婀娜的腰肢，无比柔情地垂下她们的树冠，谦卑里是向上的拔节生长。左宗棠时期的柳树回到了哈密，让我惊讶于我的眼睛。我见了每个人都说，我太想叫哈密为伊州了，伊州是我的魂，我是伊州的客。纵然哈密的户籍里没有我的名字，但是，当满眼的垂榆将绿色的长辫垂下来的时候，我就是古伊州的一个驿站，一段故事，一个从不腐烂的水果——石榴。

我在 2012 年的哈密找到了伊州客的影子，那是我的影子。那一排排垂榆，是一个个伊州客，她们来自南方，她们的根脉在南方，她们却活在伊州。我在南方的天空下每天都能看见这些树，她们已经长在我的生命里，她们每天看着我上班下班。

她们在 2005 年的春天被一个叫郭连山的人下令种在了哈密的沙滩，她们活下来了，而且越活越茂盛。

郭连山不是哈密人，他来自中华民族文化摇篮的河南，曾孕育出我国古代的思想家老子、庄子、韩非子的河南。这位河南人为哈密创造了沙滩上的生命奇迹。

我是伊州客，我敬重这个让哈密披上南方树木的河南人，他让我回归伊州的脚步落得更扎实。

如果在我的梦里，我还是古伊州的一个驿客，那么，在 2012 年之后，我希望成为新伊州客。我要在这片土地上，有自己的园子，园子里有一间房子，有遮阳挡凉的葡萄架，有先开花后长叶子再结果的杏子树，有石榴树，我会一铁锨一铁锨地挖坑种树，像一个朴实的农民开垦着自己的园子。我要把我的园子当作曾经的古驿站，一点点地去找回祖先的过往。

我也将开始学习种植哈密瓜，像哈密瓜王那样，把羊粪和苦豆子提前准备好，把土壤平整得更松软，让哈密瓜籽种进土壤就能呼吸到养分。

我将开始体会瓜和秧从种植到成熟再到采摘时的紧密相连，还有那甜蜜的瓜汁是怎么不舍秧的蒂落。我要把每一个连着瓜秧的地方切成艺术品保存起来，就像保存脐带血一样保存着。

只有生命连着脐带，人才会叩首时间的宝贵、生命的珍贵、亲情的不易。

我将在新伊州的园子里，为父亲塑一块心灵的碑文。我将告诉父亲，我回家了。

我将带着我的蓝眼睛的爱人，教他用中文说伊州、哈密、哈密瓜，让单音节、双音节的声母、韵母取代 26 个英文字母。

当我回来的时候，我希望我不再是伊州客。

我是今天的伊州大地上那谦卑的垂榆，生命里撑着一片绿叶。

我给每个战士拍照留念。下次我们再来时，许多战士就已经回到他们农村的家了；下次，这里又都是新的面孔；下次，我希望在深圳的某个餐厅、某个企业、某个单位碰见他们中的任何一个；下次，我们希望他们仍然在这里。

照片由新疆公安边防总队提供

第二辑

从边防哨卡生出的温柔

伊斯马伊力记忆中的下马崖

阿不都瓦伊提眼里的兵

如扎尼汗的《边防派出所亚克西》

图尔干夸赞的一群人

下马崖的第一家村民商店

寂寞是一种坚守

荣誉墙上的集体

……

在下马崖，曾经世居在这里的大多数维吾尔村民甚至连砖块是什么样子都不知道，世世代代住着土坯房子，走在下雨就出泥、天晴就冒土的泥石路上，进趟伊吾县城得骑毛驴走上两天两夜。还有更多的人连大米和西红柿是什么样子也没有见过，蔬菜在维吾尔人的生活里是稀缺的菜肴。

水更稀缺，下马崖人祖祖辈辈饮用的是涝坝水，涝坝就是挖的水塘，将雨水和雪水引进水塘储存使用。黑乎乎的涝坝水村民和牲畜共同使用，经常有羊粪、牛粪漂在上面。村民们打水的时候，先把漂在上面的羊粪、牛粪过滤掉，然后再用马勺一点点舀出水倒进水桶。

当我在这里住了一周后，我知道这个村子不是我们每个人都曾经生活过的村子那样，这里的故事也不同于每个人眼里曾经对村子的全部记忆和扫描。

只有在下马崖土生土长的人们才会拥有一种独特的记忆和味道。村子把一种人类最朴素的情怀种植在这里，也把人类最简单的生活内容一点点地积累在这里。

在这里，汉族是少数民族，维吾尔村民和边防官兵无距离地成为一家人，成为一种温暖的回忆，成为用语言表达出来后感动世人的话语。

这种感动，是人类追逐大雁飞翔时的情怀，总是抬起头、挺起胸，凝视着、仰望着、感动着。

下马崖是个温暖的名字

你必须走进去进到村子里
然后听一些长胡子的老人讲
再听其他的人讲

下马崖是个温暖的名字
三公里的路从路头到路尾
红砖房从村头到村尾

下马崖很小名声很大
那里有个边防派出所
住在下马崖的中心
也住在村民的心中

下马崖是个温暖的名字

温暖着过路的陌生人

也温暖着走进去的陌生人

伊斯马伊力记忆中的下马崖

新疆伊吾县是全国最小的县城，而坐落在伊吾北端的下马崖更为人所不知，偏僻荒凉，它是新疆最边远的戈壁上的村庄，也是唯一靠近蒙古边境线的村庄。驻守在这里的下马崖边防派出所更是知者甚少。在下马崖乡，维吾尔族占了总人口的95%，汉族成了这里的少数民族。

下马崖在维吾尔语里称为“巴依”，即拜城，是富饶的意思。下马崖村是当地维吾尔人最早聚居的地方，这里除了3公里的居民区，最多的就是戈壁、荒漠了。

每天早晨太阳出来之前，90岁的伊斯马伊力老人都要双手合掌在心里忏悔他的罪过：我希望来世还能来到下马崖，给政府做点事，给派出所的官兵做点事，赎还自己所犯的罪过，来世我是一个没有罪过的人。当夕阳西下的时候，他同样双手合掌闭目忏悔。他的忏悔从1950年的春天开始，一直到现在。他说，只要他活一天，他就不会放弃忏悔。回想起当年的生活，仍然像噩梦一样。

由于特殊的地理环境，50 年前的下马崖乡的维吾尔族村民，长时间生活在西方敌对势力和不甘心失败的上层反动分子、土匪乌斯曼的压迫之下。1950 年春，反动势力煽动土匪发动了“伊吾武装叛乱”。他们散布谣言、歪曲事实，蛊惑、胁迫不明真相的维吾尔族、哈萨克族群众参加叛乱。

伊斯马伊力老人清楚地记得，在 1950 年 3 月 29 日早上 7 点，叛匪头目艾力木带领 12 名叛匪悄悄潜入下马崖驻村工作队，抢劫枪支，将正在帮助群众春耕生产的赵贵田、司马义等 7 名官兵全部捆绑后残忍杀害。那时的伊斯马伊力老人刚从国民党队伍里逃回家，7 名被杀害的官兵就在他的眼前牺牲，鲜血染红了伊斯马伊力的眼睛，震撼了他的灵魂。眼前的反动派所犯下的一切惨绝人寰的罪行，都成了他所目击的事实。伊斯马伊力控制不住他悲愤的心情，他流着眼泪忏悔：“我这辈子跟错了人，做错了事，把好人当坏人，我一定要为死去的解放军官兵报仇。”

就在赵贵田、司马义牺牲的那一天，伊斯马伊力主动加入了中国人民解放军进疆部队，参加了 40 天的伊吾保卫战，成了下马崖的历史教科书。

伊吾保卫战之后，亲历过分裂、动乱之苦的下马崖乡的维吾尔族村民特别珍惜来之不易的日子，跟当地驻军官兵结下了深厚的感情，并口口相传，让子孙后代都铭记在心。

在伊斯马伊力的记忆里，下马崖乡因缺水干旱的恶劣的自然条件原因，村民们一直过着贫穷落后的生活。大多数下马崖的维吾尔人甚至连砖块是什么样子都不知道，世世代代住着土坯房子，走在下雨就出泥、天晴就冒土的泥石路上，进趟伊吾县城得骑毛驴走上两天两夜。还有更多的人连大米和西红柿是什么样子也没有见过，蔬菜在维吾尔人的生活里是稀缺的菜肴。

水更稀缺，下马崖人祖祖辈辈饮用的是涝坝水，涝坝就是挖的水塘，将雨水和雪水引进水塘储存使用。黑乎乎的涝坝水村民和牲畜共同使用，经常有羊粪、牛粪漂在上面。村民们打水的时候，先把漂在上面的羊粪、牛粪过滤掉，然后再用马勺一点点舀出水倒进水桶。用了不干净的涝坝水，经常有人生病。自从下马崖边防派出所的官兵来了以后，这样不见头的苦日子慢慢发生了变化。

伊斯马伊力对数字很敏感，生活中发生的事情，他都用数字记在记忆里。

1964 年 1 月，下马崖边防派出所成立，从此下马崖乡的村民有了自己的身份和户口本。

从 1964 年开始，连续 20 多年的时间，下马崖边防派出所为了让村民们彻底告别涝坝水，一直探测着打井的水源地。

1987 年 7 月，派出所请来的专业技术人员，先后在下马崖建了三口井，第一口井和第二口井都没有打出水，最后在下马崖边防派出所院内勘测到有丰富的地下水资源，而且水质甘甜，可以打井。

水就在派出所的院内，却找了 20 多年，这是老天爷在考验派出所官兵的耐心呀。一听在院子里就能打井，派出所的官兵不分昼夜地加班苦干。天气炎热再加蚊虫叮咬，有的南方来的战士全身起了大红疙瘩，奇痒无比，他们咬着牙坚持，有的累倒了再爬起来。经过两个月的努力，下马崖乡历史上的第一口井在派出所的院子里诞生了。

这是幸福的甘泉。

伊斯马伊力和其他村民一起像过节一样奔走相告："有井了，有水了，甘甜的水，我们不用再喝涝坝水了。"

村民们提着酒瓶、暖瓶，端着盆子来派出所打水，同时还牵着他们的牛、马来饮水，激动与兴奋溢于言表。

当甘甜的水从伊斯马伊力老人的手里被捧到嘴边，再进入肠胃的那一刻，伊斯马伊力老人悄悄地擦拭着眼角激动的泪水，当他转过头看到派出所的官兵也在悄悄地用手抹着眼泪。

20 多年呀，就为了找这口井。

伊斯马伊力老人知道，派出所做这一切，都是为了让老百姓早一点结束喝涝坝水的生活。今天甘甜的井水在每个村民的胃里足足地过了把瘾，过了千回百回，那甜的滋味在村民的血液里舒畅地流动着。

从这一天开始，下马崖乡的全部村民跟涝坝水说再见了。村民们给乡政府提建议，派出所院内的这口井就叫"爱民井"，乡政府也同意了。

这一天，伊斯马伊力 65 岁。在他 65 岁的时候，他的生命里有了井的名字。

为了方便村民到井里打水，派出所专门在院墙上开了个"便民门"方便村民们进出，24 小时开放，并把一条土菜梗拓宽，铺上了水泥板。村里有的老年人和有病的村民挑水困难，派出所的官兵就从井里打出水，挑着担子一桶桶给他们送去，一天三次，早晨、中午、晚上，从没有间断过。

“爱民井”为下马崖乡的村民服务了15年，派出所的官兵为村民挑水挑了15年。

直到2003年下马崖乡政府完成了防病改水工程后，“爱民井”的使命才完成。

现在，伊斯马伊力老人也会去“便民门”和“爱民井”看看，虽然现在自来水代替了原来的“爱民井”，“爱民井”清静地闲置在派出所的院子里。但是90多岁的他每次走过这里，心中仍然是20年前的场景，那种幸福的场景是伊斯马伊力老人记忆中最甜蜜的回忆的开始。

其实他的回忆里还有更多的水，他做梦都不会想到有了甘甜的井水之后，还会有可以灌溉下马崖全乡农田的水。他活了65年，下马崖的村民都是靠天吃饭，天下雨收成好，如果天不下雨，那么这一年村民都饿肚子。

水在下马崖的村民心里比油都贵重。

那是1990年的夏天，下马崖乡政府决定修一座水库，解决村民灌溉农田的问题。这个好消息让派出所的官兵无比振奋，他们主动请缨，承担了防渗层的铺设工作。在100天的时间里，官兵们黏结防渗涂层布7万多平方米。水库建在13条坎儿井的下方，在建水库的同时，官兵们还对多年堵塞的坎儿井的泉眼进行了疏通，让坎儿井的水流进水库。130万立方米的水库蓄水后，坎儿井的泉水、夏季的山洪、春天的融雪性洪水全被拦聚在水库。有了水库，浇地方便了，下马崖乡的土地耕种面积一下子翻了一倍，村民的收入也翻了番。为了感谢派出所官兵在建设水库的过程中付出的努力，村民们自发在水库堤坝上建起了一块石碑，上面刻着“警民连心坝”。堤坝也叫“爱民坝”。

伊斯马伊力有事没事都会去水库旁走走，去坎儿井看看泉眼里的水是怎样一汩汩流进水库的。三公里的路，他总是边走边想。下马崖乡的村民都认为自己最苦，在伊斯马伊力老人心里，其实最苦的是派出所的官兵。在下马崖，最苦的工作是派出所做的，最累的活是派出所干的，最脏的活是派出所分担的，最辛苦的事是派出所跑的，最寂寞的守候是派出所坚持的。比起派出所的官兵，下马崖的村民是幸福的。

伊斯马伊力是幸福的，他不会忘记，他这个有罪过的人和村里其他跟他一样的罪人，从来没有在下马崖乡受到过歧视，也从没有被派出所的官兵当作报复的对象。派出所的官兵对他跟其他的人一样，每次他去派出所办事，都是被官兵们搀扶着进去，让到板凳上，倒杯水，让他喝了水后，再给他办事。办完事，再搀扶着把他送出门。有时，他没事也想去派出所走走，为的就是被搀扶的感觉，那是一种温暖的感觉，那种感觉一直从他的脚底涌到他的心脏，然后到他的胃再到全身。那种温暖的感觉里有亲情的成分，他喜欢这样的温暖。

这样的温暖不仅是在派出所里，也在暴雨山洪的夜晚。

2007 年 8 月 30 日，由于连降暴雨，下马崖乡发生了特大山洪，当日傍晚，下马崖尤库日买里村出现洪水，全村 99 户 450 多人受到洪水的威胁。大雨还导致电路、通信全部中断。那是漆黑的夜晚，洪水的声音淹没了村子里的哭泣。

伊斯马伊力听到微弱的声音在喊叫："快救救我的爸爸妈妈吧！"声音断断续续。

这时，另一种声音响在伊斯马伊力的耳边："我们来了，你的爸爸妈妈不会有事。"

这是派出所官兵的声音，这个声音盖过了洪水的声音。有了这个声音伊斯马伊力不再担心求救的人了。他知道，这个声音响起，被困的人就能得救了，可以放心了。

这个声音让他有种暖流通遍全身的感觉，就像在派出所被官兵们搀扶的感觉。

当日深夜，"爱民坝"多处坝体出现管涌、渗漏，如果任其发展，下马崖老百姓的生命财产安全将受到威胁。在漆黑一片的家里伊斯马伊力老人，听到官兵的声音在整个大坝响着，救援的声音在他的耳膜响着，那是多么黑的夜，多么响亮的声音啊！伊斯马伊力再也不能在家里待下去了，他从屋角找来一盏旧马灯，迅速地擦了上面的灰，用火柴点了一下，旧马灯就亮起光来。伊斯马伊力顾不上穿雨鞋，他头顶了一块雨布冲出家门，他忘了自己已经快 90 岁了，快的速度早在他的肌体里慢慢地退化。在风雨交加的夜晚，在洪水咆哮的夜晚，在响着派出所官兵声音的夜晚，伊斯马伊力艰难地走了三公里的路，来到随时会出现险情的大堤上，吃力地举起他手中的旧马灯，他高高地举起，用生命中全部的力气，在漆黑的夜里，伊斯马伊力举起的马灯，照亮着"爱民坝"。

一分钟过去了，五分钟过去了，十分钟过去了，半个小时过去了，全体村民都来了。

风雨猛，折不断雄鹰的翅膀！（维吾尔族谚语）

伊斯马伊力的眼前是官兵和村民的影子，他们在大坝上忙碌着，沙袋在不同人的手中接力着，肩和肩并在一起，大坝堵住了，洪水退去了，举在伊斯马伊力老人手中的马灯熄灭了。

他倒了下去。

当伊斯马伊力睁开眼睛的时候，他的身边是哈密边防支队派来的“爱民医疗服务队”的战士，他躺在自家的炕上，战士们高兴地喊着：“伊斯马伊力爷爷终于醒了！”

伊斯马伊力看见眼前的战士笑了，他全身的细胞里还残留着那种温暖的喊叫声。他希望这份温暖一直暖着他未来的日子，直到他老死。等来世，他还会来下马崖，重新做一次下马崖的村民，让赵贵田、司马义等牺牲的 7 名官兵再活一次。

阿不都瓦伊提眼里的兵

下马崖的老支书阿不都瓦伊提是土生土长的下马崖人，他做了 21 年村委会支书的工作。对于下马崖他熟悉得就像自己的手纹一样，村子就那么大，村民就那么多，谁什么脾性什么爱好他都清清楚楚。不过有时他还是佩服派出所的官兵，他真心地觉得派出所的官兵对于下马崖的村民的熟悉不比他差。

老支书挂在嘴上最常说的一句话就是“我们的派出所”，他把派出所的官兵和下马崖边防派出所称为“我们的”。“我们的”是一个很有感情色彩的词组，它包含着你和我、你和我们、我和你们，心连着心，感情连着感情。

尤其老支书用汉语说“我们的”时候，脸部表情很丰富、很慈祥，就像说一段很遥远的经历和往事。

老支书总是在不经意间闭着眼睛，在看电视的时候或者在田间地头的时候，只要他微微闭上眼睛，他看到的都是下马崖的从前过往和现在。他当了21年的支书，在这21年里，派出所为下马崖乡的村民做的事情都在他的脑子里像电影一样一幕幕放映着。本来是他们乡里和村里该做的事情，派出所都做了。

2006年春天，粉红色的杏花、深绿色的核桃花给戈壁上荒凉的下马崖带来了暖暖的春色。看惯荒凉景色的老支书，第一次感觉到大片的花骨朵是这么诱人，这么好看。派出所官兵在下马崖乡的西面和小塘坝周围大面积种植了果树，2000多棵杏树和480多棵核桃树在2006年的春天，成了下马崖的一道风景，照亮了下马崖村民的眼睛。从此，村民们在每年的春天都会自发地拿起锄头、坎土曼去种树。村民们把这片栽下生命果树的地方命名为“公安边防林”，也叫“爱民林”。现在这里已经有1万多棵杏树，5000多棵核桃树，还有沙枣树和其他果树，有些果树已经开始挂果。

有时老支书会自己问自己，派出所的官兵都换了10多茬了，他们做事的态度几十年却没有改变过，是一种什么力量让这些一茬茬新兵，来了就延续了这种态度？他总是自己回答自己：是一种集体的力量，派出所的每个官兵都是优秀的，几十年来，人换了，但是对工作的责任从没有改变。

老支书知道派出所有规定，新兵入伍的第一课是到荣誉室学习，然后到辖区群众家“认门”，认门时有考核，考核过不去就要离开。

2009年春天发生的一件事老支书还记忆犹新，那是春天全体村民和派出所的官兵在“公安边防林”种新果树苗，新战士李毅年在劳动间隙请教派出所干事张雪峰，怎么能快速把“认门”工作做好。

张雪峰故意卖关子说：“这个村人口熟悉率我能达到100%，甚至谁家吃啥饭我都知道。”

李毅年感到好奇，他随手指了一户人家，顺口问道：“你知道那家今天中午吃啥饭？”

张雪峰说：“米饭。”

李毅年不相信，就偷偷溜到这户人家，他发现这家老人正在淘米。

李毅年竖起大拇指对张雪峰说：“你真牛，告诉我，怎么做才能像你一样牛？”

张雪峰说：“我会教你的。”

劳动现场亲眼见证两个“巴郎子”的“认门”技术，老支书心里乐开了花。派出所的“巴郎子”勤快、好学、认真，有文化，干事踏实。

以前下马崖乡很穷，穷得别的乡都笑话他们，甚至不愿意把女儿嫁到下马崖。在偏远的下马崖，在远离城市的下马崖，村民们除了在自家的三亩地上劳作，对外面的世界什么也不了解。信息闭塞让下马崖乡的村民安于现状，对新鲜的东西和事情接受很慢，思想观念也跟不上，科学技术更谈不上，种几亩地靠天吃饭，没有什么多余的收入。乡里的老百姓待在家里很少出门，面对外出打工的机会大家都保持观望的态度。

为了让闲散的年轻的村民们去外面打工见世面，派出所的官兵就和乡政府的领导干部们一家一家地动员做工作。

那是怎样的苦口婆心呀，老支书领着官兵们，敲开一家家的门，还没有说打工的好处，就被拒于门外，有的年轻人说出来的话很难听：“你们说得好，如果我们赚不上钱还赔了谁负责？我们的汉语不好，出去被骗了怎么办？”

“怎么办？”派出所的官兵说，“我们全部负责。”

有知识的人腰上的石头会变成宝石，无知识的人身旁放了金子，也会当成石头。（维吾尔族谚语）

2006年3月，刚来派出所的警官巴哈德尔成了下马崖乡的第一任汉语老师，他利用晚上的时间帮助村民学习汉语，教村民一些经常会用到的法律知识。他第一个教的就是艾萨亚库普。性格内向的艾萨亚库普，在派出所的官兵们几次动员后终于进了汉语学习班。在了解并掌握了许多法律知识后，艾萨亚库普去外面打工了。

这一出去，艾萨亚库普便成了下马崖乡打工的传奇。

艾萨亚库普通过这几年的外出打工，性格变得开朗了，不仅挣回了4万多块钱，还学了一手做饭的好手艺，成了下马崖乡最快发家致富的能人。

艾萨亚库普个人富了，其他的村民看着眼热，但是还不敢迈出家门。最初只有一两个人出去。哈密边防支队先联系好近一些的城市吐鲁番、鄯善，让他们去打工，适应环境后再联系到乌鲁木齐、库尔勒、喀什、和田。

“走出下马崖，把钱挣回来。”2008年年底，打着下马崖乡劳务输出口号的下马崖乡村民，建立的有史以来的第一支11个人的打工队伍正式前往乌鲁木齐。他们浩浩荡荡地开拔，像英雄一样地出征，这场面全下马崖的人都记得，而且永远不会忘记。哈密边防支队提前给这11个村民买好车票，包车把村民从下马崖送到哈密市，再派车把村民送到火车站。

11 个人第一次出去就挣回来了 5 万元。老百姓看到了甜头，主动报名参加外出打工的人多了起来。

2011 年，下马崖乡政府和派出所帮乡里的 238 名村民联系到 11 个单位打工，一年挣回了 193 万。打工成了下马崖村民增加收入的最好的途径了。

2011 年年底，艾力买买提打工挣了 25000 元，艾买提挣了 20000 元，木沙艾力盖了新房，还成了家。

语言是花苞，行动才是果实；决心是种子，实干才是肥料。（维吾尔族谚语）

劳务输出这么难的事让派出所做成了，老支书看在眼里乐在心里。这么多年，他的眼睛里是一天天下马崖的变化，村子的变化，人的变化。

最让老支书难以忘怀的还是派出所为亚合甫家做推销员的事。

维吾尔族人有句谚语这样说：有人烟的地方，饿不死麻雀；长麦子的地方，饿不死青草！但是现在，这句谚语要改了，因为亚合甫家的洋葱。

下马崖乡夏天的哈密瓜和冬天的洋葱是比较出名的，但是没有自己的品牌，没有销路。阿热买里村的村民亚合甫一家仅靠四亩地种植野生洋葱过日子。因为洋葱卖不出去，每年近三吨的洋葱积压在家里，时间一长，村民路过亚合甫家门前都能闻见洋葱变质的味道。乡里和村里都想了办法，但还是没有销路。亚合甫一家绝望了，这是他们一年辛苦的全部收入，烂在家里，就等于一年白干了，来年的生活怎么过？他们不敢想，连乡里和村里都想不出办法，他们又能怎么办？

在绝境中，派出所为亚合甫家送去了 80 个洋葱包装箱，并帮助他们以高出市场两倍的价格卖了出去。随后派出所还预订制作了 5000 多个洋葱外售包装箱，使下马崖乡成品包装的 5000 件洋葱全部投放到哈密各大市场、超市内销售，仅此一项，就为下马崖全乡村民增收了 6 万元。

天鹅有飞翔的翅膀，英雄有自己的利剑！（维吾尔族谚语）

派出所帮助推销洋葱这事，让老支书满怀感动。其实老支书知道，第一次哈密边防支队也没有把亚合甫家的洋葱推销出去。为了解决亚合甫家的生活困境，哈密边防支队的干部们高价把亚合甫家积压的洋葱全部买了下来，然后每个干部装个麻袋分到自己的家中。2009 年，哈密边防支队的家属院里都是洋葱味。第二年，派出所又把洋葱慢慢推销到超市、市场，销路很好。边防支队自己掏钱给亚合甫家买洋葱包装箱，帮推销。现在亚合甫家的洋葱生意好得很，派出所想买还买不上。

老支书这一生没有佩服过什么人，但是他对派出所官兵的佩服是打心眼里佩服。48 年，下马崖边防派出所坚持为下马崖乡的村民做好事、做实事，不是一时一处，不是一天两天，也不是一年两年，不是一人一户，也不是一家两家，而是家家户户。

外面的人从不知道，不是每个人每个集体都能做到的。下马崖乡政府做不到的，派出所的官兵做到了。

如扎尼汗的《边防派出所亚克西》

如扎尼汗是下马崖乡十二木卡姆传承人，今年 70 岁的如扎尼汗一点儿也看不出生过重病的样子。当她打着手鼓，唱着跳着《边防派出所亚克西》时，谁能知道如扎尼汗 1987 年得过白血病。为了看病，如扎尼汗把好好的家拖垮了。家里的 15 头牛和 15 头骆驼全部被卖掉了，孩子和丈夫连一件新衣服也买不起，甚至连最基本的生活用品都买不了。

15 头牛和 15 头骆驼，那是全家的命根子，卖了全家就折了。不卖看病哪里有钱?

破墙头上多麻雀，穷人家里多困难！（维吾尔族谚语）

如扎尼汗看到因为自己的病把家弄得什么都没了，就想到了死。她希望自己死了，家里就不用有这么重的负担，孩子们的日子也会好过些。死神将要来临时，下马崖边防派出所送来了蔬菜、茶叶和咸盐，送来了过冬的棉大衣和大头鞋，送来了官兵们捐的钱，让一家人顺利度过了冬天。如扎尼汗的病也奇迹般地在冬天过后好了起来。

在没有生病之前，如扎尼汗总是听村民们在自己耳边说派出所是怎么帮助他们的，派出所怎么好。当事情发生在她身上时，派出所为她家雪中送炭，她才从内心里真正地理解了村民的感谢。没有派出所送来的温暖，她的家会是个什么样子？她不敢想。没有派出所，村民们喝涝坝水的时间不会提前结束。水的改变，路的改变，村民生活中所有的改变都跟派出所有着直接的联系。

20 世纪 90 年代，下马崖全乡没有一条柏油路，村民们骑着自行车或者走在路上，总是晴天一身土，雨天满脚泥。不要说下马崖乡的村民没有机会去伊吾县城、哈密，就连外面的人也不愿意来下马崖。派出所的官兵多次跑到县里建议修一条下马崖通往县城的柏油路，没想到县里也有这个想法，只是修路中间有一段沙石路段很难施工，没有施工队承揽这个活。派出所官兵说："我们做。" 3 个多月，官兵们流血流汗终于将通往县城的 3 公里的柏油路修通了。这条路被村民们叫成"爱民路"。

通路那天，如扎尼汗和全村的村民在黑油油的柏油路上跳着麦西来甫庆祝柏油路在下马崖的诞生。有了水，有了水库，有了绿树，有了柏油路，所有这些对于下马崖的村民来说都是"第一"，改变着下马崖的昨天和今天。每个"第一"都在下马崖的履历表上刻着时间，不用数，每个下马崖村民都记得。

下马崖新的抗震安居房是橘红色的砖瓦房，院墙是青色的。颜色分明的砖构成了下马崖安居房的独特景色。

如扎尼汗住在崭新的房子里，享受着她70岁的快乐人生。现在她总是跟村民们说，要不是派出所，她一家哪里能住上这么好的新房，因为病她可能根本就活不到今天。70岁的如扎尼汗在农忙时照样下田干活，她干活是为了锻炼自己的身体。忙完了，她就拿起手鼓唱歌跳舞，她的民间女子木卡姆就是这样"炼"成的。她的队伍里全部都是70多岁的老人，穿着统一的维吾尔族服装，下地干活时她们穿其他的衣服，进家门后她们换成演出服唱歌。

2007年，哈密边防支队协调伊吾县委拨款370万元用于下马崖乡的抗震安居房建设，房子建起来后，88户村民的院墙没有钱建。哈密边防支队就专门雇车把砖从哈密运到下马崖，然后由下马崖边防派出所的官兵一车车搬下来，搬到每家的院子里，再帮忙把院墙砌起来。

如扎尼汗家的院子也是派出所的官兵帮忙运砖砌起来的。搬进新居的第一天，如扎尼汗从院墙看到房子里，从橘红色的砖到青色的砖，她一遍遍抚摸着色彩斑斓的砖。这些砖盖起了新的房子，以后下雨屋顶就不会漏雨，冬天也不会寒冷。她这个差一点儿死去的人，还能住进新砖房，告别土坯房子，她喜极而泣。

我的黑黑的羊眼睛，我的生命属于你。这是维吾尔人经常唱的歌曲《黑黑的眼睛》。

如扎尼汗嘴里哼着《黑黑的眼睛》，开始了创作。

"亚克西、亚克西，什么亚克西呀，边防派出所亚克西。"她手里的乐谱是《新疆亚克西》的曲子，歌词填的是《边防派出所亚克西》。

现在，如扎尼汗经常作为十二木卡姆演出队的成员到处表演，她喜欢用汉语唱写给派出所的《边防派出所亚克西》。这首歌是从她心底流出的歌，她走到哪里，就把歌唱到哪里。在她的心底，她觉得是派出所救了她的家、救了她的命，她把感谢派出所的话都写进歌里去了。

图尔干夸赞的一群人

图尔干老人总是骑着他的红色电动三轮车，去清真寺做礼拜。他去清真寺可以不骑车，走路也就15分钟。可他喜欢全下马崖乡的村民问他："这么漂亮的红色三轮车，谁买的？"然后他会自豪地说："我们派出所买的。"全村的人隔着一公里远就能猜出骑在红色电动三轮车上的人是谁。

骑在车上的白胡子爷爷戴着个典型的维吾尔族小帽子。

这是一组极品油画，油画中的老人银须满腮，黝黑的肤色镶满慈祥的笑容，手握方向盘，坐在红色的电动三轮车上，背景是挂着绿色杏子的大树，树影婆娑着暗影。真美的一幅油画。

图尔干老人总是站在他的杏园子里接受采访，当记者问他关于派出所的事时，他就指着满园子的杏子树说："这些杏子树都是派出所送来的苗，还有核桃树。"他站在核桃树下，手拽着有核桃的枝丫说："派出所给的两棵核桃树，一棵死了，这棵长得很好。"

核桃树挂满了果，绿色的胞衣还裹着核桃的内核，秋天这棵核桃树就丰收了。看见满院子的果树，老人喜不自禁。我的院子里的果树都是派出所送来的。他用汉语讲解着，他的讲解中透露出幸福的表情。

75 岁的图尔干老人是哈密威望很高的宗教人士，他获得过自治区和哈密地区的爱国宗教人士先进奖，他是下马崖乡政府和派出所成立的“民间纠纷调解小组”的带头人。他总是把获奖的证书抱来让采访的记者看，他把去参加会议，去深圳、北京学习的照片让记者看。他说：“我去过好多大城市，但是我还是喜欢我们的下马崖，在我们的下马崖，有我们的派出所，我们感到很安全很幸福。”

图尔干老人说话的时候，他的儿媳妇会给客人们端来奶茶。奶茶的清香飘溢在房间，老人的妻子坐在炕上，慈祥地听她的老伴给客人们讲述派出所的事情，时不时地她还插上一句作补充。

图尔干老人的儿子在下马崖的牧区放羊，不方便回家，派出所总是派车把他们老两口送到牧区跟儿子见面。老人有病了，派出所给医院打电话并把他们送到医院，老人儿子的羊丢了，派出所帮忙把羊找回来。他们跟派出所的官兵就像一家人。只要老人需要，派出所就来。图尔干老人说：“派出所对全下马崖的百姓都是同样的。”

下马崖的第一家村民商店

75 岁的刘家智老人为了找妹妹在 1963 年来到了下马崖，当时的下马崖在他眼里除了荒凉，还是荒凉。生在江苏的他在离开家乡后，就很少看到绿色的树、透彻的河水，还有河里游动的鱼。下马崖让他体验到了什么是干旱的日子，那是让他的鼻子天天流血的日子、吃不上白米饭的日子、喝不上干净水的日子、吃不上青菜的日子、说话听不懂的日子、汉族人少的寂寞的日子。

刘家智的爱民商店，是下马崖的第一个商店，也是唯一的汉族人开的商店。

说起他家的爱民商店，刘家智老人脸上的骄傲遮盖住了岁月留下的痕迹。他想表达的东西太多，多得让他来不及从哪里说起，只是一个劲儿地说，派出所做的好事太多了，多得数也数不清。

1980 年，派出所看到“邻居”刘家智一家 8 口，光靠种地生活，太艰难了。边防支队就想办法凑了钱，帮刘家智开了个小商店，小店的货是派出所从哈密运来的，连货架也是派出所买来的。商店开起来后，刘家智一家8口的日子慢慢滋润起来。为了感谢派出所的官兵，刘家智就把小店的名字改成“爱民商店”。这个爱民商店养大了他的5个儿子。

刘家智总是逢人就说：“我的5个儿子，4个兵，当兵的原因来自派出所。是邓伟所长给我工作，让儿子在部队上去锻炼。这一锻炼，我家就出了4个兵。老大在甘肃陇西当团长了。”

有知识的儿子会比父亲更出色。（维吾尔族谚语）

刘家智家的地是派出所种的，地膜是派出所铺的，瓜是派出所收的，房子是派出所盖的，连他的心都让派出所填满了。他一天看不见派出所的官兵，就会感到不开心，心里空落落的。他总要看看他们是出差了，还是执勤去了。见了人他的心才能安。

有人问刘家智：“派出所对你有多好？”

刘家智就争着抢着说：“我的5个儿子都不在身边，也帮不了我生活上的事情，派出所的官兵比我的儿子对我都好，他们每天都在我的身边，每天都来问候我。”

“你说派出所对我有多好？我说真心话，我们自己生养的孩子不能为我们做的，派出所的官兵都做了。他们不仅仅是帮我，他们帮全部下马崖乡的乡亲们。我们的井，我们的路，我们的水库，我们的生活、学习、技术样样都是派出所帮的。”

“少数民族”刘家智能在下马崖说一口流利的维语。这里没人说汉语了，他就跟村民们说维语。

有次刘家智回江苏老家，跟家人说话，竟忘了自己在说维语，害得家人问他说的是哪儿的语言，他才发现自己说错了话，自己在那里开心大笑。他对家人说：“我说的是新疆的维语。”这个洋相出得，家里的亲戚把这个当笑话讲给其他的人听。大家听了都哈哈大笑说：“你家的亲戚太逗了，去了新疆不会说江苏话了，讲一口维语，像个外国人。”

寂寞是一种坚守

夜晚的下马崖寂静得只有星星和月亮，这样黑的夜晚没有灯，没有狗叫的声音。在城市待久了，就知道这种寂静背后的寂寞有多深、有多长。年轻的官兵却在这里守着寂静和寂寞。

下马崖唯一的主干道是通往县城的柏油路，10 年前还是坑坑洼洼的土路，去一趟县城需要 3 个小时，从下马崖回哈密需要七八个小时。是哈密边防支队和伊吾县委筹措的资金，将下马崖通向伊吾县城 100 多公里的路修成了柏油路。

教导员李勇最喜欢在这条“爱民路”上走了，他三次被调派到下马崖边防派出所，1999 年，他作为排长带着兵来这里，当他第一次走在下马崖 3 公里的土路上丈量距离的时候仅仅 24 岁。从村头到村尾，他走了半个小时。尘土将他的鞋和裤管弄脏，风沙将他的头发吹起来，巨大的寂寞将他的心冷藏起来，这半个小时将他的人生的三次机会都放在了下马崖。

似乎在他的甘肃老家也有这样的路，从 5 岁开始，母亲背着他爬过颠簸的山路上学，他是长子，母亲把全家所有的希望都寄托在李勇身上，希望这个山里的娃能有出息考上学，改变全家人的命运。母亲背着李勇上学的路没有成就李勇考学的梦，却让他成了一名军人。

当李勇在 1999 年用脚丈量马崖这条土路的长度时，他感觉像回到了甘肃老家。这里有父母亲的影子，有兄弟姐妹的影子，这里有他熟悉的山山洼洼。

37 岁的李勇是派出所的家长，他年龄最大。这里 48 年都是清一色的颜色、清一色的部队头。这里 48 年里没有女兵，红、黄、蓝的色彩没有在这里飘扬过。

李勇喜欢说的一句话是：带着泪光微笑，带着疼痛奔跑。这就是派出所的工作。

他在路上看见一只羊，会多看几眼，他想知道羊到哪里去？甚至见到一头牛感觉很亲切，他很想问牛：牛你要到哪里去？你寂寞吗？快乐吗？幸福吗？有烦恼吗？还在用 BB 机的时候，有时没有信号，他和其他的官兵把 BB 机帮在旗杆上，早上升旗的时候，把 BB 机一起升到空中，晚上再把 BB 机解下来，查看一些天气预报或者留言信息。短暂的快乐可以抵抗几个月的寂寞。李勇更喜欢黑夜，把脑子里所有的亲人的样子都画出来，装在脑海里。一个人在黑夜的路上来回走着，心里却满满当当，那是成年人的想家方式。

李勇的家在哈密，家对于他来说像旅店，偶尔回家一次，他自己都觉得自己像过客，不像家人，更不像一家之主。

李勇的儿子刚刚三岁，三岁的孩子已经懂得了世间的情怀。每次李勇给家里打电话，儿子总是不接电话，李勇的妻子问儿子：“为什么不接爸爸的电话？”

儿子表情凝重地说：“我烦得很。”

李勇和妻子不解儿子的大人话，也弄不懂儿子不接电话在烦什么。有一次李勇回家，妻子出差了，妻子打电话给儿子，儿子也是不接电话。李勇问儿子：“妈妈打电话为什么不接？”

儿子大人似的回答：“我心里难受得很。”

孩子的大人话让李勇琢磨了很久才明白。原来李勇经常不在家，儿子已经习惯了只跟妈妈在一起的生活，当李勇的电话打来后，让儿子的平静生活多了思念，儿子心里烦是因为孩子想爸爸，儿子用烦表达他的思念。用难受表达对妈妈的想念。三岁的儿子，连表达都语出惊人。

李勇手机里储存着儿子的照片，那个帅帅的儿子在李勇的手机里被捂出了汗，但是李勇不敢看儿子的照片，他知道在下马崖生活每天想儿子的日子有多么艰难。

想起家人李勇会突然间哽咽起来，他不能提起他的家人，提起他们，就想哭。

哽咽中的李勇有时会泣不成声。

也许太久了没有人提起这个问题，也许太久了他的忙碌掩盖了眼泪。这是一根不能触碰的神经。李勇从不提起，派出所的官兵也从不提起。因为他们给了下马崖乡的老百姓全部，家里的事情他们却无能为力。

母亲在2008年得癌症去世了。在母亲住院期间，妻子刚好生孩子。去见母亲，还是守在妻子身边等孩子出生？李勇左右为难，最终李勇选择了去看病重的母亲，把妻子孤零零地扔在了医院。妻子对李勇抱怨说："别人家的妻子怀孕像个宝，你的妻子怀孕像个草。"李勇无言以对。他欠父母的，妻子儿子的又何尝是"对不起"三个字能解释的？母亲在李勇离开医院后就去世了，李勇没有时间回头替母亲下葬，他欠母亲的除了作为一个儿子的眼泪还有作为男人的眼泪。

李勇的妻子是部队的领导帮忙找的，李勇在结婚前相过五六次亲，因为他的工作原因，女孩不愿找个一年见不上几次面的军人结婚，相亲都以失败告终。跟妻子结婚前也仅仅见过两次面，如果再谈下去，恐怕又是失败。

母亲去世后，李勇让弟弟把75岁的父亲送到了哈密，父亲待了半年又回甘肃老家了，他给李勇说："我在甘肃离你远，见不上你的面，我在哈密离你近，还是见不上你的面。我待在甘肃跟待在哈密有什么区别？我不想给你添麻烦，你安心工作，我还是回老家的好。"

作为长子，李勇应该为家分担更多的责任，为家做的事都做给了下马崖乡的乡亲们了。

李勇的妻子总是抱怨李勇是派出所的人，说家是李勇的旅店。妻子抱怨的时候，李勇从不反驳。抱怨得多了，妻子就无奈了、绝望了。绝望后，剩下的就是接受现实。儿子病了，妻子从不会打电话给李勇，她知道打也白打，打了李勇也回不去，所以从来就不打。

回一次家对李勇来说也不轻松，在家里找不到方向，什么都得问，感觉像一个局外人，连儿子也不跟他睡觉。等把家里的事情摸熟悉了又得走，这样反复的日子，妻子也不适应。妻子总是跟李勇唠叨：“你干脆住下马崖别回来了，回来了倒影响我跟儿子的正常生活。”

只要李勇从家里回到派出所，躺在派出所的床上睡觉，他就能睡得很好。跟战士们在一起，他内心里剩下的就是踏实和平静。他呼吸着的空气里有一种磁场，让他无法拒绝又无法离开的磁场。

在下马崖的夜空里，黑夜很黑，黑得看不见自己。天空很深邃，深邃的都是星星的眼睛。一点点、一点点的光芒在深邃中眨着眼睛。

荣誉墙上的集体

在下马崖边防派出所的荣誉室里，第十四批之前的下马崖边防派出所历任所长、副所长、政治教导员的名字都贴在墙上，他们是薛汉良、刘再德、董德发、阿尤甫、艾买提、帕孜、王玉春、潘永东、陈党全、苏海东、热吉甫、丁吉新、赵文辉、王玉勤、何自伟、阿里木、邓伟、周锁录、库来西、买买提、柔加才让、扬子江、王利军、艾合买提等。

下马崖的每个乡亲都记得他们的名字，他们的名字不仅刻在荣誉室里，也刻在老百姓的心里。

荣誉室里挂着168幅锦旗，黄色的烫金字写着每个获奖的日期、内容。其中被国务院表彰的全国“民族团结进步先进集体”的荣誉有5次。

荣誉室也是警醒室，来这里的每一批官兵的第一堂课都是在荣誉室里上的。因为有了这第一堂课，来这里的官兵在下马崖谁做什么、怎么做，都有了目标、有了答案。

在这里首先要过思想关，你必须跟这里的老百姓团结在一起。第二个是语言关，你能跟老百姓交心，老百姓才信你。如此，任何一个官兵只要来到下马崖边防派出所首先要学会说简单的维语。下马崖工作的特殊性也决定了官兵的工作压力。守边防是他们的工作职责，维护辖区治安是他们的工作职责，交警查车也是他们的工作，工作性质特殊，工作任务复杂。派出所不是单纯的地方派出所，把治安管好了，户籍管好了，工作就做好了。他们还保留着部队的传统，起床吹号、睡觉吹号、吃饭吹号、队训、练操、边境巡逻执勤、种地种菜自给自足，等等。他们既做部队的事，也做派出所的事，还做交警的工作。20 世纪七八十年代解决下马崖老百姓的吃穿问题，90 年代他们需要送科技信息、送技术、送文化，转变老百姓的固守观念。

2004 年，下马崖才通了电和自来水，老百姓的生活才走上有电有水的正常日子。在这样的地方生活，百姓生活苦，派出所官兵的生活也同样苦，而且比百姓更苦。

下马崖的村民全部都搬进了新居，2011 年，派出所的办公楼才开始新建。

新楼后面是最早的办公楼，有 10 多间平房，岁月的痕迹在土墙上斑驳出现，最早的官兵的影子在每一批新来的官兵的心里慢慢地放大着比重。即使他们从没有见过面，即使他们没能面对今天诉说他们的过去，即使他们叫不上他们的名字，但是荣誉墙上 14 批以前的官兵都将根基扎在了这块土地，把青春和热血洒在了这块土地上。老旧的房子是历史，是见证，是今天下马崖边防派出所集体荣誉里浓重的一笔。

新楼的两边是最近几年建的房子，所有官兵宿舍、办公点、会议室、饭堂都在这两排平房里。写着“爱民井”的小水塔正在用胶管浇筑着新楼的水泥砂浆。“爱民井”后面是3亩菜园子，官兵们仍然保持着部队的优良传统，自己种菜，分给乡亲们吃。

每个宿舍的床铺也像在部队一样，被子一条线，干净整洁，院子里连一片树叶也没有。

李勇、巴哈德尔、刘伟、王毅、李建、王伟华、孙涛、李洪超、刘振东、杨龙飞、西尔扎提。他们是下马崖边防派出所第十四批官兵。在他们之前，有十三批已经退役、退伍的官兵，他们分布在全国的各条战线。有的仍然在农村过着贫困的生活，有的音信杳无，有的已经离开人世。生命于他们而言是宽度是广度，因为他们从来没有想过，在他们离开下马崖以后，谁还能记住他们。所有的荣誉在下马崖边防派出所荣誉室的墙上定格成过往，只有他们的灵魂在寂静的夜里去荣誉墙上光顾曾经孤独的守候。

在十四批之后还会有第十五批官兵、第十六批官兵，一直会接力着往下走，在下马崖的路上留下他们到达的足迹。

（一）巴哈德尔

巴哈德尔来下马崖边防派出所之前在伊吾淖毛湖派出所。2005年年底，巴哈德尔的领导带他来下马崖边防派出所，首先带巴哈德尔去荣誉室参观，他看到了好多好多的荣誉，一整面墙都装不下。

巴哈德尔的领导问他：“感觉怎么样？”

巴哈德尔说：“太好了。”

领导说：“想不想来这里？”

巴哈德尔说：“太想了。”

2006 年 1 月 15 日，领导对巴哈德尔说：“明天你就去下马崖边防派出所上班吧！”

巴哈德尔听了傻眼了，这是真的吗？

领导说：“真的。”

巴哈德尔一时激动得说不出话来了，他兴奋得一晚上都没有睡好觉，心里一直乐着！

2006 年 1 月 21 日上午，巴哈德尔下管区跟老百姓打招呼：“你好爷爷、你好奶奶、你好叔叔、你好婶婶，我是警官巴哈德尔，有事请联系我。”这是巴哈德尔下管区见到下马崖乡的百姓说的问候语。

巴哈德尔没有停止走访的脚步，当他走到下马崖乡卫生院门口时，从大门内侧走出来一位汉族奶奶，看到老奶奶，巴哈德尔便主动上前热情地问候了一句：“奶奶好！”

老奶奶有些不好意思地对巴哈德尔说：“乖乖（徐州方言），我这里有两袋子煤，你看，你能不能帮我送到家里？”

巴哈德尔很爽快地答应了老奶奶的事，并拨通了所长柔加才让的电话。所长很快派车过来了，巴哈德尔和驾驶员孟庆立帮助老奶奶将两袋子煤送到了她的家中。那是一间面积不足 40 平方米的、破烂不堪的、低矮的、黑暗的泥土结构小屋。房前堆放着一堆煤渣子和一个竹筛子，筛子上面可能是奶奶筛好的小煤疙瘩。推开门，整个屋子除了一些生活必备的锅碗瓢盆以外，就是一张餐桌、两张木床，最值钱的莫过于一台 80 年代的古董收音机。看到这种情景，巴哈德尔不由自主地问起了老人的家庭情况。那一刻，巴哈德尔的心里在流血，眼泪禁不住流了下来，那是七尺男儿的眼泪。巴哈德尔开始给吴奶奶生活费并赞助吴奶奶孙女上学。

从吴奶奶开始，巴哈德尔和下马崖乡的每个乡亲都有了直接的联系。斯皮亚木姐姐的丈夫在淖毛湖因车祸去世，大女儿上高中，小儿子尔夏提 11 岁、小女儿齐曼古丽 9 岁都上小学。斯皮亚木姐姐没有钱供三个孩子上学，巴哈德尔下管区的时候知道了这个情况，就替三个孩子交了学费。艾尔肯没钱买化肥，巴哈德尔就出钱让艾尔肯买回化肥，把地种上。

2008 年，巴哈德尔结婚，两年时间，他仅仅回过 3 次家，给家里捎回几千元钱。他的家并不远，在哈密。

巴哈德尔的妻子也是一名警官，每学期都是她提醒巴哈德尔该给孩子们交学费了。

现在妻子怀孕，巴哈德尔仍然没有时间回家。只有夜晚，闲下来的时候，巴哈德尔才能跟妻子通上电话。在电话里，所有的抱怨、所有的委屈、所有的付出都成了他们彼此的倾心交流。

在巴哈德尔来下马崖上班的那一天，扬子江教导员对他说了这样的话：要做永不停息的发动机，一定要抓住点点滴滴的时间去做好自己的工作。巴哈德尔一直把这句话记在心里。

巴哈德尔每次下村摸排，手里都拿着一个小本子，上面有每个村的村民名单，每家照一张全家福放在本子里，然后做成台历发给每个村民。这样也便于管理，谁家的人什么时间外出，什么时间回来，一清二楚。每家人的年龄、职业、外地的亲戚巴哈德尔都记在脑子里，每月所里要考核。每年支队要考核，一个名字出现失误就算考核不合格，没有资格待在下马崖派出所。

在下马崖派出所的6年，巴哈德尔被下马崖乡的乡亲们亲切地叫着“我们的巴哈德尔”；被吴奶奶心疼地叫着“我的巴哈德尔”；被艾尔肯和斯皮亚木姐姐叫着“我的好兄弟”。

（二）刘伟

刘伟从喀什支队考入新疆指挥学校，毕业后借调到伊吾边防大队担任排长。2008年，大队长的一句话“不行就到基层去”，让刘伟来到了下马崖边防派出所，来到下马崖边防派出所刘伟才真正领会到了什么是基层。

3年的时间，刘伟记住了当时教导员王利军的话：优秀是一种习惯。初次听到教导员的这句话他并不明白其中的深意。后来，他多次在书上、网络上看到这是古希腊哲学家亚里士多德说的。

亚里士多德的原话是：如果说优秀是一种习惯，那么懒惰也是一种习惯。人出生的时候，除了脾气会因为天性而有所不同，其他的东西基本都是后天形成的，是家庭影响和教育的结果。所以，我们的一言一行都是日积月累养成的习惯。我们有的人形成了很好的习惯，有的人形成了很坏的习惯。所以我们从现在起就要把优秀变成一种习惯，使我们的优秀行为习以为常，变成我们的第二天性。让我们习惯性地去创造性思考，习惯性地去认真做事情，习惯性地对别人友好，习惯性地欣赏大自然。

从此刘伟才知道教导员王利军经常对大家说的这句话的真正的含义。教导员希望大家在一个优秀的集体里养成优秀的习惯，去习惯性地做一些对老百姓有益的事情，把帮助老百姓、爱老百姓当成一种自觉行动，无论什么时间、什么地点，也无论长幼，去做就是自觉行动。优秀是一种习惯，3 年里，刘伟就是用这句话鞭策自己，鼓励自己，在基层锻炼，在基层体会。

2008 年，刘伟跟巴哈德尔下管区，来到艾尔肯家，刘伟知道，艾尔肯的孩子上学是巴哈德尔资助的。到中午吃饭的时候，艾尔肯不让他们走，硬是让他们吃过午饭再走。午饭多了一盘羊肉，刘伟和巴哈德尔不动筷子，他们不知羊肉是从哪里来的。一直到出门时，刘伟才发现，进艾尔肯家时数了数门口有 4 只小羊，现在剩下 3 只了。顿时刘伟的眼睛红了，眼泪很快掉了下来。原来老百姓和下马崖边防派出所的官兵感情这么深厚，只有对自己的恩人，才能宰了小羊羔款待。

这个细节一直记在刘伟的脑海里，也是从那天起，刘伟知道伊吾大队长对他说的到基层去锻炼的目的。2014 年，刘伟的父亲癌症去世，是派出所的全体官兵为他捐款 2000 元。刘伟捏着全体官兵给他的钱，泣不成声。这钱里包含着这支集体对他的真情。

有人问刘伟："如果还有其他选择，你会离开这里吗？"

刘伟说："离开这里，我不知道要去哪里。"

（三）王毅

家在新疆博乐的王毅，2015 年 8 月，将过 23 岁生日。23 岁了，王毅也觉得太快了，他已是 6 年的老兵了。

白天太忙碌了忘了想家。

当晚上睡觉的时候，王毅躺在床上，眼睛盯着上铺的床板，然后想：奶奶现在做什么？最想的人是奶奶。小时候一直跟着奶奶，跟奶奶感情最深。想奶奶是因为奶奶能活到今天太不容易了。奶奶死里逃生几次，几次都险些离去。1992 年，奶奶肝硬化腹水，躺在床上都看不见奶奶的脸，只能看到像锅盖一样隆起的肚子，每天医生从奶奶的肚子里抽出一盆子水。医生告诉爸爸妈妈："准备后事吧。"爸爸在家把奶奶的灵堂都准备好了，结果奶奶从医院偷偷出来，一个人找了个车从乌鲁木齐回到博乐。那时奶奶 58 岁，奶奶让爸爸把灵堂搬走，以后的日子竟然奇迹般地活了下来，连医生都没有想到奶奶能活下来。医生说：奇迹。

2004 年，奶奶脾结石，2007 年患癌症一直到现在。奶奶的耳朵不是很好，听不到什么声音，每次打电话，奶奶就会说：我很好，你不用担心，你在派出所好好工作，不要给派出所丢脸。

每天晚上躺在床上想奶奶的时候，王毅都想哭，有时蒙着被子偷着哭。

在王毅的记忆里，爷爷1989年去世后，奶奶病了，奶奶的病花光了家里的全部积蓄。王毅两年才能买一套新衣服。小小的他当时还不知道什么是困难。

2008年，王毅还在巴里坤红山派出所的时候，父母亲和小姨来巴里坤探亲，他们住在巴里坤宾馆才告诉王毅他们来了。晚上王毅下班，去宾馆看父母。爸爸见到王毅，把儿子抱在怀里，什么话也没有说。王毅知道爸爸忍着眼泪，他自己也是忍着眼泪。王毅在房间里找妈妈，没有找到，半个小时后，妈妈从卫生间出来了，眼睛是红的，笑着跟王毅拥抱。看见妈妈的红眼睛，王毅才明白妈妈躲在卫生间哭了很久，妈妈不想让儿子看见她流眼泪。那是王毅当兵3年后第一次见爸爸妈妈。

2011年，王毅从巴里坤红山派出所来到下马崖边防派出所，来到这里的第二天王毅就被安排在厨房做饭。2个月后，又兼职卫生员。乡里的百姓有头疼脑热的小病，或者简单的扎针王毅都能做。

王毅说："来这里的最大收获就是磨炼了意志，学到了很多东西。自己学会了做饭、扎针看病、开拖拉机、修拖拉机、养鸡、焊工。在对待工作方面，学会了感恩，学会了像对待家人一样跟老百姓相处。优秀是下马崖边防派出所的标准，在这里的官兵都是优秀的。"

闲着的时候王毅总是讲笑话跟战士们打发寂寞，从网上或者平时生活里发现的笑话一讲讲一个星期，有的讲一个月。这里的厕所是旱厕，冬天冻屁股，夏天蚊子咬屁股。刘伟刚来这里时，上厕所屁股被蚊子咬成了大疙瘩。大家知道了这个事，就当成笑话每天晚上睡觉前讲，讲的时候添油加醋，一讲讲了一个月，每次大家无论谁讲，都开心地大笑。

王毅的笑声是这里的开心果，有了王毅，这里不寂寞。

（四）他们

李洪超刚刚 20 岁，已经有 3 年的兵龄了。2015 年年底将要退伍回河北的家。他是厨师，每次做饭的时候都把录音机的音量开得很大，一边听歌一边做饭。听着音乐做饭也许是李洪超留在派出所最后一年里最快乐的时光了。他也许用听音乐的方式排遣着一种对未来的迷茫。农村兵，退伍了就得回家。退伍以后能做什么？去跟哥哥开挖土机，或者开个饭馆，他还没有决定。他还是个孩子，青春的样子在他稚嫩的脸上留下天真的表情。

司务长刘振东总是默默做事，不说话。其实刘振东心细得很。新来的兵在种菜的时候不小心踩上了菜苗，司务长刘振东就会说，赶快把菜苗扶起来，新兵说一个菜苗有什么？司务长说，一个菜苗也是一把菜。不当家不知柴米贵，当了家才知道种一把菜不容易。

高大的王伟华，一看就知道是山东人，他说话时还带有山东口音。就是这个王伟华还因为热孜尼瓦汗大妈送给他的刺绣手机套，意外地给大妈做成了一笔生意，不经意间，帮大妈打开了民族刺绣的销路，将热孜尼瓦汗大妈融刺绣剪纸于一体的维汉文化推向了内地。

来自湖北的孙涛才 20 岁，既当司机又当修理工。派出所的事除了分工之内的活，只要有空闲大家都抢着干。

来自陕西宝鸡的杨龙飞 19 岁，2012 年 4 月才从巴里坤县大红柳峡调来，2015 年 11 月也面临着退伍。他刚来几天就跟王毅很熟悉，说王毅干事踏实，在王毅身上学了好多，王毅乐观、爱帮人、性格好，什么都会。杨龙飞还说，司务长责任心大，不好当，吃喝拉撒什么都管。他喜欢看《士兵突击》、《亮剑》，喜欢《亮剑》中的李云龙，年底要退伍了，感觉很矛盾很难舍。

家在山东的李建一直忙他的内勤，传稿件、发传真，不声不响。下马崖乡第 11 名“警官邮递员”在远离人们的视线里，安静地做他的事情。这是他的性格，也是他能做好编外邮递员工作的优势，遇事冷静、细致、不张扬、不急躁。

在第十四批官兵里，除了巴哈德尔和刚来这里的大学生警官西尔扎提是城市户口，包括教导员在内的其他的官兵都来自农村。因为来自农村，退伍以后的事总是伤脑筋的事，退伍以后他们在不熟悉的农村做什么？他们能给父母家人带来什么经济收入？这是很现实的问题。在 2014 年，有些贫困地区的当地民政部门给农村退伍兵的补助仅仅 5000 多元。李建已经 30 岁，王伟华 31 岁，刘伟 29 岁，刘振东 27 岁，他们都是要成家的人了，退伍了他们需要买房子，需要钱建立一个新家庭。

他们在下马崖派出所从不想这个问题，太难、太遥远、太不现实。

然而退伍就在眼前，谁能逃避得了？

夜晚灯光明亮，高楼大厦装饰着每个城市人的梦，在睡梦里，城里的人能想起遥远的边境线上的官兵为他们守护的安宁吗？每一个可爱的孩子能想到遥远的边关还有当兵的爸爸们不能天天见到他们的孩子吗？不能！就像在下马崖的路上看不到灯光，派出所的院子里漆黑一片一样，当黑夜来临的时候，派出所的全体官兵只想着守关的职责，无法想起城市里夜晚那迷人的灯光，和睡在梦乡里的人们。让人们安宁着、幸福着、享受着才是守关战士的义务。

我给每个战士拍照留念。下次我们再来时，许多战士就已经回到他们农村的家了；下次，这里又都是新的面孔；下次，我希望在深圳的某个餐厅、某个企业、某个单位碰见他们中的任何一个；下次，我们希望他们仍然在这里。

照片中的他们笑容灿烂，下午的阳光正好照着他们的脸庞，青春年少的他们，勇敢、刚毅、坚强，充满着朝气。照片中定格的是他们微笑着的样子、憧憬着的样子、快乐着的样子。

两层的新办公楼应该在2015年年底就能使用，在新办公楼前面，我们和第十四批坚守在这里的全体官兵合影留念。

要走了，真的有点不舍。张开双臂，我们和每一位官兵拥抱着道别，我们叫着他们的名字，热泪含在我们的眼里。

因下马崖到哈密的中巴每天只有一趟，教导员帮我们叫了一辆中转站的人货两用车送我们到哈密。

车过了伊吾县城，过了白石头风景区，正在过天山，翻过天山，就是哈密。眼前是天山山脉，前几天下的雪让这里再次银装素裹。

天山横亘在眼前，巍峨、雄壮、博大。下马崖边防派出所的官兵的样子在我们眼前浮动，挥之不去的影子在我们的脑海里扎根。

我拿起手机按着李勇教导员的手机号码，发送了这样的信息：教导员，我们已经在天山上了，感谢你给我们找的驾驶员，他给我们讲述了许多关于你们的故事。车在行，你们在我眼前凝固着。感谢几天的相伴支持，感谢连心坝坎儿井的美景。记住你们就像记住了一面旗帜。

信息发送了出去，连同我们感动的心一起随着空中信号发送了出去。

这种感动，是人类追逐大雁飞翔时的情怀，总是抬起头、挺起胸，凝视着、仰望着、感动着。

我们追寻着这样的集体精神和集体荣誉。这是我们幸福生活的全部内涵和核心价值。

嘴边的下马崖

下马崖其实是一个乡，新疆最东边最边远的一个乡，也是人口最少的一个乡。

我更喜欢把下马崖叫作一个村子，村子小，遮风挡雨。

我喜欢叫的下马崖是个村子，很少有人知道。

当我在这里住了一周后，我知道这个村子不是我们每个人都曾经生活过的村子那样，这里的故事也不同于每个人眼里曾经对村子的全部记忆和扫描。

只有在下马崖土生土长的人们才会拥有的一种独特的记忆和味道。村子把一种人类最朴素的情怀种植在这里，也把人类最简单的生活内容一点点地积累在这里。

在这里，村民和边防官兵无距离地成为一家人，成为一种温暖的回忆，成为用语言表达出来后温暖的话语。

从下马崖边防派出所采访离开时，我坐车返回哈密。

司机快 37 岁了，叫王后之。我刚坐上车，王后之就问："你采访派出所的任务完成了？"

我惊讶地问他："你怎么知道？"

他说："在下马崖，只要从外面来一个人，全下马崖的人都会知道。"

我笑了，我的笑里包含了从外面来下马崖的人都会被这里的百姓"三堂会审"是事实，甚至记者也不能幸免。

我主动问王后之："你对下马崖边防派出所熟悉吗？"

王后之说："我太了解派出所了，跟他们打交道，自己都变得纯粹了，我还是个孩子的时候就经常来派出所。"

你年龄不是那个时间段的，为什么你会对派出所的事这么熟悉？

我的父亲跟他们很熟，小的时候就经常跟父亲去派出所，之前的事都是听父亲说的，之后是我看到和我经历过的。

王后之大学毕业于新疆教育学院，曾经是一名老师，后辞职下海。是王后之给我讲了之前采访时不知道的细节和故事：

我给你说说邓伟。

我是生意人，邓伟却从不把我当生意人看待，一直把我当朋友一样。从邓伟任命到下马崖的那天开始，他就把我当兄弟、当朋友。我结婚的时候邓伟带着官兵给我道喜，我的女儿出生、过百天的时候邓伟也是同样的。2008 年，邓伟调去伊吾边防大队时，还专门给我发了一条信息：感谢 8 年来你对我工作的支持。我当时感动得眼泪都流出来了。我仅仅是一个普通的生意人，邓伟那么忙，还把我这个普通的生意人记在心里，谁不感动？我把接到邓伟短信的手机专门保存了起来，重新买了新的手机使用，我怕原来的手机用得久了如果坏了会丢掉手机里保存的邓伟的信息。

王后之说邓伟的时候眼睛里仍然含着泪水。

邓伟的手机号码一直没有换，我一直记着他的号码。邓伟是个好人、好领导，我要把他发给我的信息保存一辈子。

你需要一个手机放在那里为了保存邓伟信息？

是，这是邓伟对我的意义。这条信息比金钱对我更重要，因为邓伟把我当作朋友，是一种朋友的情意。如果以后邓伟退休了，不当领导了，我要把邓伟当成一个兄长，我会敬他、记住他一辈子。

王后之说："再给你们说个你们不知道的。"

2010年，调任哈密边防支队当队长的邓伟回下马崖看望派出所的官兵，他悄悄地来又悄悄地返回伊吾宾馆。但是下马崖的乡亲们知道后，自发地去伊吾宾馆送邓伟。那场面真的很感人，乡亲们在宾馆门前排成长队，连邓伟自己都没有想到乡亲们会自发地送他。邓伟有时间还会再来下马崖看乡亲们，其他的老所长也会来。青海的柔加才让2011年就带着妻子和儿子来看下马崖乡的乡亲们和派出所的官兵。柔加才让一到下马崖，乡亲们就把他团团围住了，现场的乡亲们激动地喊着："老所长，你回来了。老所长，你还记得我们。"

只有在下马崖待过的官兵才能感受到这种军民鱼水之间的真感情。

"再给你说说巴哈德尔。"

你们知道吴奶奶和她的孙女吴婷吧？吴奶奶的孙女吴婷生下来后父母就离婚了，父亲跑了，可怜的孩子就交给吴奶奶管。下马崖乡没有汉语学校，吴婷就上维语学校。3 年级的时候，学校合并到伊吾县城，吴婷又从一年级开始上汉语学校，这样吴婷就晚上了几年学。吴奶奶的地是派出所种的，瓜是派出所一麻袋一麻袋背回家的。就连手机和手机费都是巴哈德尔交的。巴哈德尔每个月给吴奶奶 100 元生活费，后来吴奶奶的孙女没钱上学，巴哈德尔又每学期给吴婷 400 元的学费。同时巴哈德尔还资助斯皮亚木的三个孩子上学，这样他每学期给吴婷、斯皮亚木的三个孩子捐学费 1600 元。不仅仅这些，吴奶奶的门锁坏了、电视调不出节目，生火做饭、劈柴提水这样的琐事，巴哈德尔都不厌其烦地去做。

2008 年巴哈德尔在哈密结婚，没有告诉下马崖的任何人，你知道，吴奶奶 80 多岁了，知道巴哈德尔结婚的事，当天打出租车、去哈密参加巴哈德尔的婚礼。下马崖除了外出打工的人，在下马崖的全部人都租车、雇车自发地去哈密参加巴哈德尔的婚礼。那是多大的惊喜呀！巴哈德尔想都没有想到。只有下马崖边防派出所的官兵能跟当地的百姓有这种情分。巴哈德尔是管户籍的，下马崖的老人去派出所办户口，巴哈德尔都是出门把老人搀扶进办公室，办完了再搀扶着送出门。他这样对待每个老人，而且一做就是 6 年，每天都是一样，每年都是一样。除了下马崖边防派出所的官兵，谁能做到像巴哈德尔这样？

王后之说：“你们也许不知道巴哈德尔的爸爸，他是哈密边防支队的一位领导，我们的邓伟所长都是他带出来的兵，老领导了。可是没有人知道他与巴哈德尔的关系，他让儿子在最艰苦的派出所工作，两个儿子，巴哈德尔还有一个弟弟在哈密沁城乡派出所工作。他们的妈妈是老师。可以说他们家是警察之家。但是你看巴哈德尔多优秀，心地善良、乐于助人，因为巴哈德尔有个好父亲、好母亲。他父亲一直做好事善事，从没有让媒体报道过。这样好的人待在我们下马崖边防派出所，是我们老百姓的福气。”

我总是提醒王后之小心开车。王后之总是滔滔不绝，他做过老师，他对事情和人的看法有他的标准，他说着派出所的故事，总结着自己的心得。

车在行，我们的思绪在翻滚，王后之的话在继续着。

“你采访的李勇教导员也是个好人，他人踏实、正直、能干、业务能力强。派出所的大棚菜都是李勇教战士们种的，说是派出所的菜地，但 90% 的菜都送给了下马崖的老百姓。你们在城里听说过像下马崖边防派出所这样的事吗？肯定没有吧。只有在下马崖才有这样的感人故事。说真的，说起派出所的故事，几天几夜也讲不完，太多了，也太感人了。”

在以金钱衡量人的价值的社会，在下马崖你能感受到无比的纯粹、无比的亲近、无比的幸福。

派出所的官兵做的都是小事，但是小事可以反映出一个人的品质、一个集体的凝聚力，小事做得久了，就成了伟大的事情，让人敬仰。

也许我的父母亲从没有想到，在几十年后，他们的儿女像他们年轻时一样，踏上与父辈们的方向相反的路。父亲母亲从江苏支边到新疆，他们的女儿从新疆到深圳。都是背井离乡的跋涉，而命运却是不同的结果。

摄影：吴同生

第三辑

割不断的南方与北方

杭家村孟家村

一只从北方逃离到南方的老鼠

变调的粤语

青砖黛瓦背后的宏村

夯沙：飘满歌声的峡谷

黔南阅读

小榄情怀

水客人生

……

母亲的家在蒋垛镇的北边，全村都是姓孟的，所有村民都是母亲的娘家人。我的四外婆、四外公都已经80多岁。四外婆在下午的阳光里闭着眼睛沉默着，当她听到我的叫声后，塌陷的眼睛滚出满眼的泪水，她抱着我，声音已经颤抖，她的哭声里是断断续续的话语："你还知道回家？你还知道想念我们？"

是呀，我还知道回家，我还知道想念我的亲人。四外婆哭的是我的母亲，因为父亲在新疆丢失了生命，失去父亲让母亲的岁月变得十分艰苦。全部孟家的亲人听到我回家的消息都从北边的路的两头集中到四外婆家，从没有见过我的亲人们，却跟我是如此的亲近，近得让我感觉我的皮肤仿佛贴近水面。他们来时的路是母亲小时候走了无数遍的路，现在我踩在母亲从前走过的路上，上面有我的亲人们大大小小的足迹。镇北的路让18岁的母亲成为第一批支边新疆的青年劳模。母亲出发的时候，我的外公和外婆还很年轻。当我回家时，我的外公和外婆早已走进了天堂。

我们的粮食

我们在向城市逃荒的脚步中
丢失了我们从前的土地和粮食
大批的农民带着土地的标志
汹涌地挤进
孤独的镰刀和铧犁
寂寞地躺在月亮的影子里等待主人
被拾起的感觉
多么荒凉的土地
只剩下年幼的孩子和老人
只剩下无事可做的女人
这是我们今天的土地
粮食更荒凉地成长
再没有从前热烈盼望的眼睛和等待
人们都去了哪里?

更恐慌的是城市

钢筋水泥都被挤瘦的地方
到处是人的呼吸
人的眼睛
到处是被抢劫的追逃
到处是拥挤的学校
和孩子对上学的渴望

大片的土地荒芜着叹息着
农村几乎没有了学校
路上几乎没有了车辆声
丢失土地的农民仍然挤在贫民窟里
煎熬他们在城市中的日子
什么时候他们才能拥有自己的楼房
这是今天的城市?

我在这条荒凉着的路上
想念从前的粮食
想念从前饱满的庄稼
想念从前禾着锄收割的庄稼人
我感谢粮食让从前的我们健康地长大
我感谢粮食让我们知道什么是庄稼人的信心
我感谢粮食让我们知道土地是粮食的根基
粮食是我们一生的命题，是人类的命题

杭家村孟家村

40岁，我站在水中央。我站立的位置叫深圳，中国的南海城市。在这座城市的中心地带，我有自己的居所，从前梦都没有梦到过的家。也许我的父母亲从没有想到，在几十年后，他们的儿女像他们年轻时一样，踏上与父辈们的方向相反的路。父亲母亲从江苏支边到新疆，他们的女儿从新疆到深圳。都是背井离乡的跋涉，而命运却是不同的结果。

40岁，我从深圳出发开始了我的问祖之路。我要到江苏去，看望我的四叔。他患食道癌，等待着生命一点点消亡。我的问祖之路如此沉重，重得让我感到痛。我带着我的小外甥来到我的老家。那是条回家之路，父亲母亲40年前出发到新疆的路。40岁，他们的女儿重返那条路，代替他们回家。

母亲的家在蒋垛镇的北边，全村都是姓孟的，所有村民都是母亲的娘家人。我的四外婆、四外公都已经80多岁。四外婆在下午的阳光里闭着眼睛沉默着，当她听到我的叫声后，塌陷的眼睛滚出满眼的泪水，她抱着我，声音已经颤抖，她的哭声里是断断续续的话语：“你还知道回家？你还知道想念我们？”

是呀，我还知道回家，我还知道想念我的亲人。四外婆哭的是我的母亲，因为父亲在新疆丢失了生命，失去父亲让母亲的岁月变得十分艰苦。全部孟家的亲人听到我回家的消息都从北边的路的两头集中到四外婆家，从没有见过我的亲人们，却跟我是如此的亲近，近得让我感觉我的皮肤仿佛贴近水面。他们来时的路是母亲小时候走了无数遍的路，现在我踩在母亲从前走过的路上，上面有我的亲人们大大小小的足迹。镇北的路让 18 岁的母亲成为第一批支边新疆的青年劳模。母亲出发的时候，我的外公和外婆还很年轻。当我回家时，我的外公和外婆早已走进了他们的天堂，家里只剩下四外婆四外公两位老人。

父亲的家在蒋垛镇的南边，全村都是姓杭的。四叔走在父亲 40 年前走过的路上迎接他的侄女，我准备的全部的眼泪没有洒在四叔的身上。在我面前的四叔满脸的笑容，我看不到他患癌症的任何表情。沿着父亲 40 年前的路，四叔把我和他的小外孙带进了杭家门，四叔领着杭家的两代人进了父亲的家。在父亲的家里没有了我的爷爷奶奶。四叔一直给我说着我的父亲，说我的父亲是他们兄弟几个中最聪明、最能干、最有文艺天赋的人。我从四叔的讲述里知道了父亲年轻时的样子。四叔总是微笑着讲述，我却泪流满面。

小外孙还小，回家之路让他认识了许多他的哥哥姐姐，他开心极了。他不知道他的四爷爷已经离死亡不远，他不知道他的外公曾经是这里的主人，他甚至根本不知道这条问祖之路承载着几代人别离的思念。他身上没有上辈人的痛苦和悲伤，他有的是今天和未来。因此他的快乐是真心的快乐，他的开心是真心的开心。在他太爷爷太奶奶的坟前，他许的愿是让他的妈妈有好的工作，他的表哥考上一所名牌大学。

而我对所有的回家之路都不熟悉，所有的路没有我们踩踏的痕迹，所有的路一直远离着我们。我回来了，把留在草原上的一颗心带回来了，我带回来的是父亲曾经的乡情，而父亲的二胡永远留给了他奉献的新疆草原。

四叔在我回家的几天精神一直都很好。四妈说："很奇怪呀，之前几天不能说话、不能吃饭，这些天像个好人。"

四叔每天都骑着自行车从那条老路去蒋垛镇，给我和他的小外孙带回来新鲜的水果。我担心他的身体会突然倒下去。但他总是说："没事的。"

四叔终于熬过 2008 年的清明节。但是悲伤的结果没有改变。2008 年 4 月 21 日，四叔的儿子我的堂弟发来了一条信息："姐，你四叔昨日中午 11 点 50 分跟你爸爸在天堂见面了，你的爸爸终于有兄弟陪伴而不孤独了。"

我的眼泪覆盖了我深圳的家。我知道从这一天开始，我躺在新疆戈壁滩上的父亲将把他的二胡拉响整个天堂之路。

一只从北方逃离到南方的老鼠

一只从北方逃到南方的老鼠，在南方的天空下身形变异，成为尖嘴之物。横行于所有的马路、市场、楼道、下水道。它比南方的猫更壮硕、更敏捷。

在南方追赶一只老鼠需要花费很大的精力，单位要定期买灭鼠药，喷在老鼠出没的地方。在办公室里有的人竟然用农田里抓老鼠的铁夹守株待兔等待老鼠的出现。

我跟同事就在中午休息时看到一只逍遥自在的老鼠从一间办公室大摇大摆跨过门槛向另一间办公室走去。我们在突然的回头间看到它没有声响的行动，顿时狂叫："老鼠！"老鼠因为我们的惊叫慌乱中翻了个滚儿，逃之夭夭。我们惊慌失措地看着老鼠翻滚的样子，从狂叫变成惊叫。

这是从农田里逃出来的老鼠的后代，它摇摆的笨重身体已经证明了它的前世是什么物种。面对一群女人，老鼠在我们的眼皮底下逃跑。

一群女人尖叫后，冷静地说：“嘿，看把咱们吓得！”

我的害怕在于老鼠逃离后的后怕，老鼠翻滚爬起的动作一直在我的眼前滚动。它不是消失了，它长在了我的眼睛里。

如果人生能再次选择，那么我选择做一只老鼠。

这是真心话。我不知道别人是怎样被一只老鼠吓得尖叫，吓得心脏停止跳动，吓得口吐白气厉声说：吓死我了！这只该死的老鼠。而我经常被一只奔跑的老鼠不经意间吓得浑身发抖，那种惊吓的感觉比死亡还可怕，在那个瞬间我觉得宁可死也比被老鼠吓好。我不知道在别人的一生中有几次这样被惊吓的经历，也许一次都没有。而我始终在这样的经历中艰难地度日。

最早的时候，在大河秋天的麦地里，成群的小老鼠在麦垛下面储存人类的粮食，一粒又一粒种子被老鼠送进地洞，当作过冬的食物。而我们小时候需要做的劳动就是经常翻晒麦捆，让麦子透透风，不要发霉。只要我们翻开麦捆，小老鼠就在我的眼皮底下像贼一样吓得逃窜，而那时比老鼠跑得更快的是我。身后的麦捆散落一地，我飞快地逃跑展示着一个女孩被一只老鼠追赶的过程。那种被追赶的画面是一幅梵高的《危险天空下的麦田》。黄色的麦地、蓝色的巨浪、绿色的田埂、褐色的土地组成了阳光下色彩斑斓的陷阱，哪一种色彩是我生命的颜色，哪一种更接近我逃离的端口，在惊慌中，我无法回答。我拼命地奔跑、逃离只是为躲避一只老鼠的追赶。

这不是梦，这是我一直经历的生活细节，多少年了始终没有停止。只要老鼠没有从这个世界消失，可怕的尖叫就会从我的口腔里蹦出来，尖叫声会像接力棒一样感染身边的人。

我一直非常喜欢梵高的油画，喜欢他画中的麦田、农妇、小村的炊烟、水田里的耕牛，喜欢那些极度强烈并且亮眼的金黄色彩。我愿意做他麦田里的一粒金黄的麦穗，让麦芒刺伤一个个尖嘴的老鼠。这种愿望离我的现实生活那么遥远，打死一只老鼠对于别人像捻死一只蚂蚁一样不费吹灰之力，而对于我，却像要面对强大的敌人，强大到抵过了生命中遭遇的所有灾难。如此，我只能在梵高的《危险天空下的麦田》里把自己想象成荷着锄的农妇，悠闲地、没有约束地、无目的地在自己的田地里耕作。

一只老鼠就把我的梦想吓跑了，一只老鼠就把我所有的人生计划改变了并且摧毁了。人有时真的经不起惊吓和打击，生命是一张很薄的纸，一阵风就可以撕碎，一场雨就可以淋垮，一场大雪就可以覆盖，一次车祸就可以结束。

一只老鼠就可以让我义无反顾地从乡村逃离！

在南方的乡村，我想这里绝不会有老鼠，南方的土层太薄，遮盖不了老鼠的尾巴，老鼠敢来吗？我再次错了。我来南方的第一天就被一只猫大的老鼠吓病了，那么硕大的老鼠从我的眼皮底下穿过，我的尖叫吓坏了我的同事，她莫名其妙地跟着尖叫，当她弄明白我是因为一只老鼠尖叫后，笑得喘不过气。她说：“我还以为你被抢劫了。”我知道即使我心脏停止了跳动，对一只老鼠的尖叫也是找不到任何理由的。因为我是人类，弱肉强食的人类，竟然在最弱小的动物面前表现人类最无知无能的本性，谁会体谅你。是啊，谁会体谅我？

我几乎每天都会发出刺耳的尖叫声，为一只突然间窜到脚底的正在过街的老鼠，为一只被水淹死的老鼠，为一只被药毒死的老鼠。我的尖叫弥漫在南方的空气里，空气里有我厉声的叫喊。我的同事们也跟着我喊叫，她们是不知情地喊叫，一旦知道尖叫的缘由，她们会说："大惊小怪。不就是一只老鼠吗？至于吗？"

人的弱点一旦被发现，就会被同类利用。几乎没有人不知道我害怕老鼠，就连我的小外甥也经常为了达到自己想的目的，突然间举着拳头在我眼前晃动，并做出惊恐状："大姨妈！老鼠！"我像疯子一样飞似躲藏进被子里，然后是小外甥开心的大笑，比他玩任何有意思的玩具都笑得开心。他觉得，一个成年人不应该怕老鼠，一个成年人没有害怕任何动物的理由。从此，他会拿出杀手锏对你说："下次我要 QQ 糖，你不给我买，我就拿老鼠吓你！我知道该怎么对付你了。"那种计谋得逞后的喜悦是人类的天性，即使一个小孩子也表现得一览无余。

南方城市里的老鼠会咬断我的空调里的线、热水器里的线、煤气灶里的线。我告诉我的同事们这都是老鼠干的坏事，她们怎么也不相信："瞎说，怎么会呢，老鼠怎么会咬这些线呢？"我不置可否。当有一天另一个同事的空调线坏了说是老鼠咬的，同事们不再辩白，有同类证明，老鼠的劣行就挂上了号，要不我红口白牙也无法为自己解脱。

南方的老鼠比北方旱地里的老鼠精明，南方的老鼠都会竖起耳朵听人类讲话，南方的老鼠让它的强大对手猫成了瓮中鳖。在南方听到猫会抓老鼠，真的很荒唐！从前猫的爪子是怎样在它们身上留下斑斑血迹，它们如何会忘记。而现在它们可以在人类的天空下目空一切地行走、奔跑、跳舞、取食，它们可以毁坏人类所有的工具。

我的办公室刚刚装了一个音箱，第二天音箱没有了声音，检查后发现线路断了。我的同事非常坚决地认为是另一位同事干的。其理由是那个同事不想让我们在上班时间听音乐。人类的推理多简单，对一个人的不好印象可以给他强加一件可恶的事。

我没有很快答复，我仔细地看了断了的线路的位置后，对我的同事说："人还没有这样卑鄙，是老鼠干的。"

我的同事讥笑我："老鼠怎么会干人干的事？"

事实证明，这是老鼠干的，我的同事因为冤枉了另一个同事而没有再发表演说。沉默是人类抵抗战争的最好武器。

其后我把老鼠咬坏音箱线的事告诉了我一个博士朋友，她从比较语言学的角度给我灌输这绝不是老鼠的作为。她说："很奇怪呀，同样的老鼠，怎么在你那里发生的都是新奇的、荒诞的事，而在我这里就不会发生。哪天你把那只老鼠带来，我看看它的表现。"

朋友是博士，她除了喝了10年洋墨水，还学了10年比较语言学。我争辩不过她。也许她觉得自己说的话有点过头，便很诚恳地说："我天生就不怕老鼠，下次老鼠咬你的线，你告诉我，我来帮你抓！"

我终于理解了祥林嫂四处诉说她的阿毛的遭遇而倍受冷遇的凄凉惨境。祥林嫂死了，是为她的阿毛。老师告诉我们：祥林嫂的悲剧是封建礼教活活吞噬了她。

面对一只从北方乡村逃离到南方的老鼠，我能对无辜的村庄说些什么？

变调的粤语

chinese 和 cantonese 是外国人用于区别普通话和广东话的单词。

在广东有潮州话、客家话、广州话（白话）。广州话是最具代表性的方言，被称为粤语。

外国人总把会说广东话认为是会说汉语，可见，在国外，广东人在世界各国的数量之多。而在中国，仅仅在广东省内、在香港地区，粤语才会有本地优势地发扬光大，并成为汉语语系里很特殊的分支遍地开花。

这种遍地开花是说，在广东的各个地方，粤语都有不同的发音，在同一个地区，隔一条河，发音都不同。

只有广东人能明白这种不同的发音来自什么地方，也是从相同的语音里找到自己的老乡和同乡。

不像西北五省区，通过西北话里的降调和鼻音很难区分新疆、陕西、山西、宁夏、甘肃、青海等地的发音。大的省区，大的发音系统，让西北五省的人在发音上自然认亲。通过发音，能辨别出是自己的西北老乡，而是否是同乡就无法分辨了。彼此的亲近中发音所占的成分不如粤语。

粤语仅仅隔一条河。而西北话，却隔了一个省。

发音上的亲近让广东人很团结。

粤语是发源于北方的中原雅言（汉族母语），秦汉时期传播至两广地区与当地古粤语相融合产生的一种语言。

粤语的强大不仅在发言，还在语系，在表情，在动作，在心底的那一种久远的优越感。

粤语的优越感来自词汇，汉字词、粤语词、外来词。

粤语在世界上的使用人数约 1.2 亿，分布在中国广东省中西部地区及珠江三角洲地区、广西中南部及东南部地区，香港、澳门和东南亚的马来西亚、越南、新加坡，印尼北苏门答腊省棉兰市，以及北美、英国和澳大利亚、新西兰等华人社区。

粤语还作为香港和澳门特别行政区的官方语言，让香港人和澳门人引以为傲。

这种骄傲心理和优越感不仅香港人和澳门人有，广州人也有。

我最早知道的粤语歌曲是翁美玲版的《射雕英雄传》主题曲：依稀往梦似曾见，心内波澜现。抛开世事断仇怨，相伴到天边。那意韵悠长的曲调唱出的粤语歌，让年少的我在偌大的草原上憧憬着美好的南方广东。

仅仅一首粤语歌，仅仅粤语的音调，就让我对中国版图上的一个陌生省份有了向往，这是语言的魅力。

1999年，我拎着笨重的行李南下广东，似乎来到了国外的某个地区，在广州火车站的饭馆里，同样面孔的中国人，我却听不懂从他们嘴里吐出的任何一句汉语。那时，北方人在广州是受排挤的，就像你到上海被上海人排斥一样。但是上海话你至少能听懂，而粤语是生存在中国大地上的另一种语言，面对不会说一句粤语的我，饭店的服务员眼白翻了几番，然后重重地甩出：“北佬。”

因为一句本地人的北佬，我饿着肚子逃离。

旁边的照相馆，一个素颜的中年女人，仍然是满口的粤语，仍然是我听不懂的普通话。我告诉她，我要洗照片。我轻声慢语地说，我的微笑，得到了她高8度的回答。她声音高远、洪亮，我甚至没看到她露出牙齿，我不知道如此分贝的声音是从哪里发出来的。我说：“你能不能声音小一点，我不跟你吵架，我仅仅问，洗一张照片多少钱？”她在我柔弱的声音里似乎感觉到了我的诚恳。然后，她变了声音，低8度。她说：“我没吵架，我的声音就是这么大。”这句我听明白了，就在我决定在她家洗照片时，她再次从紧闭的牙齿里吐出“优雅”的词：“北佬。”

北佬，又因为北佬，我再次逃离。

如果你会说粤语，那么，言语之间的亲切成分足以让你在广州一刹那间有了登堂入室的居家感。

然而服务员表情中的不屑，让我对广州失去了从新疆来时的热情和温暖，我一千个一万个理由地告诉自己，坚决离开广州，一分钟都不想停留。

之后我到了深圳，不需要说粤语就可以找工作，寻美食。语言上的障碍远离了我的内心之后，我却慢慢地喜欢听本地的同事有事没事地在说她们自己私事时讲粤语的表情、语速。大凡她们不想让你知道她们说什么的时候，她们就用语速很快的粤语在你面前飞。

嘴巴不需要开合的发音是细腻的，而且声音压得很低，开合的节奏更快。快到你需要用自己的嘴巴尝试一次开合的频率来证明她们说话的速度。即使你做千次试验，如果你不会粤语，你仍然是失败者。

当我认真地看着从她们嘴巴里飞快地吐出变调的汉语词汇时，我对粤语产生了浓厚的兴趣，我在同事们说话的间隙学着她们的样子开合嘴巴、发声、表情、手舞足蹈，但是我的声音是空白的，我闭合的嘴巴没有发出任何声音。

同事们因为我学习粤语的幼稚方法，而开心地大笑，并把这个笑话当作娱乐说给更多同事听。

广东本地人爱家、爱家人的元素里，最重要的是孝敬老人。

广东人把家叫“屋”，这个跟古汉语里的意思相同。广东潮州地区的话，大多继承了古汉语的发音和词汇。

家、家人：屋、屋企。

爸爸、妈妈：阿爸、阿妈。

父、母：老窦、老母。

爷爷、奶奶：阿爷，阿嫲。

外公、外婆：阿公、阿婆（也可泛指上年纪的老人）。

公公、婆婆：家公、家婆。

丈夫、妻子：老公、老婆。

哥哥、弟弟：大佬、细佬。

儿子、儿媳：仔、心抱。

这是我的家人：呢个系我屋企既人。

这是我的父亲，这是我的母亲：呢个系我老窦、个系我老母。

在哪里呀：喺边度呀？

我买来学习粤语的书，先学习了几个最简单的日常交流会用到的词和句子，第二天，前面学习的全部忘记了。

随手将书扔在书柜，再没有捡拾起来。

不用学习粤语的日子里，每天早晨上班，总会有本地的同事遥远地对你发出：早晨（早上好）。然后我心情愉快地回应一声：早晨。省略的单字里，是一份好心情。

在没有粤语的世界里，强硬的新疆普通话并没有让人们察觉到我来自何方，有明显的地域差异。除了见到新疆人，他能从你的话语中第一时间听出你是新疆人。除此之外，我们生活在全国各地的移民大潮里，享受着语言自由的愉悦，感受着深圳开放的窗口带给我们心灵的富足，似乎粤语距离我们十万八千里。

10 年后的某一天，当我的家里来了三个潮州来的大学生后，我再次领略了粤语在我空白世界里的存在。

婷、娴、丽，三个潮州女孩，都刚刚从大学毕业。

婷有 7 个兄弟姊妹，娴有 3 个，丽有 3 个，三个家庭有 13 个孩子。

她们的父母都还不到50岁。

10多年前，我来广东后第一篇获奖新闻是《沉重的背带》，是关于广东超生现状的报道。10多年过去，广东潮州超生的孩子住在我的家里。

我这个做了20多年新闻记者的人不仅迷惑在潮州话的古汉语里，更迷惑在潮州的超生现象里。似乎在潮州就可以超生，罚款不多，而且可以肆无忌惮地一直生下去。

一天晚上，娴在厕所，我在沙发上。娴在厕所里飞出："婷，抓。"她是用潮州土话说的，声音很脆、很明亮、很短促、很急迫。我根本没有听清楚娴在厕所里说的这两个字。然后，婷从卧室里拿出纸巾快步走到厕所。

婷快速地办完事，我问婷："刚才娴要的是纸巾？"

婷说："是。"

"就两个字？"

婷说："潮州土话把纸巾叫抓。"两个潮州字，两个形象的声音和动作的完美组合，我大跌眼镜，并再次知道自己的孤陋寡闻和阅世浅薄。

我再次在百度里搜索潮州土话。我搜索到的潮州土话翻译，让我的大脑缺氧数日。

大头好亮：好面子。

啦蹼哩奥：炫耀。

吐屎吐血：说话没有根据。

乌叻：八卦。

乌称：牺牲。

堵吾兑：受不了。

卖莫：不错。

激血：生气。

堵吾兑（受不了），在粤语的世界里，我就是一个白痴，一个还没有进化到人类的弱小物种，还没有经过语言的训练，还在一条从猿转变到人的路上慢慢地慢慢地蜕变。我看到的世界，总让我迷惑，总让我感觉自己生活在另一个星球。

这个星球里，人人都在说中国话，却是在说自己的中国话。

这个星球里，一边是独生子的世界，一边是超生游击队的世界。每个世界都很正常，每个世界都平衡着他们已经发生和正在发生的状况。谁都不惊讶，谁都很平静，谁都熟视无睹。

我在变调的粤语里，寻找着我来时的路。来时很清醒，来时很热情，来时很单纯，来时很年轻，来时很个性，来时很勇敢。

现在，我在混杂的语系里，看见一个老去的影子，在广东的每个村子里徘徊。我想深入进去的村子都在几百年前的历史里敞亮着、辉煌着。

青砖黛瓦背后的宏村

在流火的 7 月，行将徽州，领略徽州文化，装满心灵的是厚重的历史和青砖黛瓦背后的“人”文化。

从古徽州（今江西婺源）到世界文化遗产的宏村，无一不刻着徽派“青砖黛瓦马头墙”的建筑风格。而我更多关注的是青砖黛瓦背后的人文化。宏村的徽派建筑最能代表人文化。徽商们从南宋开始，便在徽州之地用他们赚回的银圆建造着高大宽敞豪华的宗祠。宗祠的昂贵代价也证明了徽商的地位和商人心里的人格尊严。其实徽商们的商旅之路烙印着不同的人生经历，在宏村，不同的姓氏，拥有自己独特的建筑。也许，有的建筑耗费了他们一生艰难积攒的费用，耗费了在屋舍等待他们归来的妻子的青春岁月，耗费了他们人生中漂泊的辛酸日子。千百年过去了，徽商们的影子仍然和徽派建筑紧密地联系在一起。如果徽商们有灵，看到过去为了光宗耀祖显示富足而不经意的雕刻成为今天的世界文化遗产，他们一定会心满意足地躺在山水萦绕的徽州，笑看身后事。即使妻子的贞节牌坊一尊尊蹲在蓝天下成为孤独的坟墓，他们也是徽州的文化功臣。

所以，徽州建筑是人文化的影射，是心理文化的透视。不论走过婺源的彩虹桥、李坑、西递，还是走过宏村，世居在这里的人们总是安静地守在自己的家园里，享受宁静与安详。连深巷里的猫都懒洋洋地睡在中午的阳光下，全然不顾游客的光顾。深巷里的人们在自己的老屋里，或者雕刻竹排，或者挥墨签名，或者写几本关于祖先们的书，或者出售一些农家田园里的瓜果。深巷里没有吆喝声，没有现代化城市喧闹的商业噪音。即使是在游人如织的世界文化遗产的宏村，雕花刻镂宗祠里的人们，依然安静地注视着来来往往的游人，他们享受着一份心灵独有的静谧和祥和。

也许祖先们的漂泊已经让他们对外面的世界了却了非分的远足幻想，也许祖先们一尊尊空落的、孤独的贞节牌坊让女人和男人们更懂得珍惜相守在一起的日子，无论今天的宏村是否已经失去了往日的宁静，这里的人们仍然保持着古老的一份心境，归隐田园。

寂寞的“美人”等不回古时候女人们的经典爱情，它空落落地倚在阁楼后成为今天女人们闲适的一种心情。毕竟过去的岁月太久太久，久得让心灵发冷。

青砖黛瓦背后是沉重的、刚刚打开的历史，它尘封了整个发展的世界。在揭开尘封的岁月的今天，它完好地将历史展现在世人面前，让人们惊叹。

面对今天的世界文化遗产，我们应当感谢生活在这里的人们，是他们用宁静的心灵和睿智保存了徽州文化最人文的历史见证。

夯沙：飘满歌声的峡谷

在湖南的吉首，我知道有一种地道的米粉是当地的苗家人做的，口感跟刚磨出的新麦子一样。

在湖南保靖县的夯沙，从人的嘴里发出来的声音，响亮地反弹到山坳里，然后从山坳里再弹回到四面的墙上。声音在有回音的地方无数次地反复、迂回、折返。

在夯沙，我听到我的声音被再次反弹到我的头顶时，我被山里的声音包围。我成了声音的魅，也成了魅的魂。

夯沙在苗语里的意思是，飘满歌声的峡谷。

村子里用木材建的寨子学校，还保持着原来的苗寨风格。推开窗户，打开房门，眼前是秋天收割后的庄稼。安静的稻田里是稻谷搬进粮仓后剩下的根部的那段稻秆，它们裸露在秋天大地上的风景里，吸收阳光、山气、地气、人气、氧气，吸收大自然给予它们的奖赏。曾经的水田，保持水稻绿色秧苗茁壮成长的水，一点点在秋天的稻田里干涸。一片片稻田里，被秋天的火烧掉的稻秆，被重新用耙翻过来。

金黄色的夯沙，展现在我眼前的不仅仅是有别于中国大地上其他乡村的景致，展现在我眼前的还有苗族的新楼。新楼的底部是青色的砖，裙楼是木板建造的苗屋，保持着原本的苗寨特色，屋顶是青灰色的瓦，一片片排成梯队，蹲守在苗寨的屋顶，任阳光照晒，雨水流淌。

木匠、瓦匠在每座新建的苗屋上打钉、上瓦、喷漆。一切都在弥漫着雾气的早晨开始，云雾中的夯沙在仙境中，炊烟从烟囱里飘向云雾。

一切都在每天的程序里简单地开始，没有规定、没有安排，一切自然而然，没有命令和号召。

在该起床的时间里，每一分钟都很准时，习惯就是他们自己身体的生物钟，不多一秒，也不少一秒，准确地抵达内心的时刻。

一条新修的水泥路，以夯沙为起点，一直到保靖县，连通吉首市的每个寨子，它通向立口、夯吉、夯相、卡当、金落河、米塔、木牙。

山路不是18弯，而是180度的360道弯。

秋后的田里，还有茄子、小白菜、山地、土豆、豆角、红辣椒。它们在秋后的稻田里沉默着，它们已经成熟，不需要生长，也不需要长到更老。它们需要土地的静默和山寨的雾气、阳光，慢慢地聆听和蛰伏，生长时拔节的声音已经融入蔬菜的每个细胞。

蛰伏是秋天最美的状态，是庄稼成熟后的自信、满足，是时间里的闲适、悠然自得，是阅读中的静美享受，是灵魂沉静后的静好，不急、不惊、不燥、不怕，不需要收割，也不需要运输的过程。它们闲静地守着秋后的土地，等待苗屋里的背篓和一双勤劳的手去随时采摘。然后被分享到每个苗屋的饭桌上，和苗屋里的每个人的胃里。

在夯沙，我没有看到臃肿的身体、肥胖的身躯，一条古村街上都是没有多余脂肪的男人和女人，他们的身体跟大山、稻田和谐在一起。

我以吉首为中心点，向傍海、夯沙、夯吉、夯相、卡当、金落河、米塔、木牙发散，我所到达的每一个山里的苗寨都以它们最原始的地理位置坐标呈现在我面前。

夯沙的晚上，黑夜是黑得不见一颗星星，每一种声音都顽强地、倔强地从坚硬的水泥墙里穿过，从屋内到屋外，从屋外到山里。声音就像从屋子里的耳朵边上向外面的墙上发散。

夜里的声音是蝉叫的声音，也是屋里飞蛾的声音、长腿黑蚊子的声音。飞蛾在没有灯光的屋里使劲地把它们的长翅膀扑打在墙壁上，扑打在人的脸上。然后，许多个硕大的飞蛾集体出战，翅膀互相纠结在一起。飞蛾扑打的声音、电线的交流声在黑的夜里格外响，藏都藏不住。

外面的声音从早晨开始。

我最早听到的声音是夯沙学校上课的海螺声、公鸡此起彼伏的打鸣声、学生上早操的声音、打篮球的声音、上课的铃声。

我问村里人，为什么公鸡的叫声在起床铃响后？村里人回答，公鸡习惯了在海螺声音之后打鸣。

黔南阅读

我对贵州最早的认识不是通过书本，也不是贵州的文化，更不是穷山恶水的贫困。

我最早认识的贵州，是来自30年前的一把苗族纯手工艺扇子，用各种针织线在一个铁丝圈起来的圆圈里一层又一层编织出来的扇子。因为我的一首获奖的诗歌《草原的七月》，一个贵州的退伍军人把这把寄托苗族情怀的扇子邮寄到我的手里。一把苗族纯手工艺的扇子从贵州到新疆，一个苗族的退伍军人对草原的向往通过一把扇子表达了出来。此后，这位退伍军人再没有回信，我也在时间的长河里逐渐地忘记了曾经邮寄这把扇子的退伍军人。他应该50多岁？他应该还活着？他或许也忘记了30年前的这把扇子。这把扇子一直在我的行李里跟着我转战到各个城市，并且听我告诉不同城市的朋友它的来历。扇子仍然崭新如30年前的样子，而这把扇子的主人已经在时间里消失得很远很远。每当手把扇子凝视它时，我的扇子上就会出现两个大写汉字的地名：贵州。

我游历过许多名胜风景，却唯独没有去过贵州。

我后来认识贵州是在大方的一个摄影老师的博客里，他走遍贵州黔北的大小山川，拍摄了许多许多苗族生活风情的照片，因 30 年前的一把苗族扇子，我特别关注这位老师的摄影。我在老师的摄影作品里游历了贵州的黔北地区，欣赏着苗族女人头顶漂亮的银饰装饰，那么美的银饰在每个年龄段的苗家女人头上展示着不同的岁月。我想我会去贵州，因为贵州用一种民族文化吸引着我。

最近，我认识贵州，是通过转载的山区罗校长的博客。鼠标无意间的一次点击，让我在山区罗校长的博客里停下来。山区罗校长的博客里有一段话："一本书，哪怕是一本旧书，也可以点亮一个孩子一生的希望。我是贵州山区的一名小学校长，新学期开始了，天真无邪的孩子们却缺少课外读物，我们渴望有爱心使者捐赠书籍，包括旧书！！！您今天少吃一袋零食，少吸一包烟，或许就可以成就一名山区孩子的未来。"

在这位让山区孩子们因为有书阅读而成就他们美好未来的山区罗校长发出的呼唤里，我第三次深刻地认识了贵州文化人的情怀，并从贵州的地名里延伸至黔南布依族苗族自治州都匀市平浪镇中心小学。地名里长长的汉字符号，蹒跚着并紧密地跟随着，就像一条弯曲着的山川小路，一直种植在我接近冷漠的麻木的心灵里。

城市生活是多么容易腐蚀人的内心，有时似乎不经意间，内心就成了一堵墙，长满了荒草，累积了尘垢，开始了慵懒，陶醉于无休止的琐碎的浪费时间的诉说里。

一种纯粹、质朴、干净的情怀从黔南来，从网络来，从一束阳光里来。我长满着荒草的内心慢慢地被触动，在大山的风里可以迎风吹动了。我感受着来自贵州黔南山区罗校长字里行间对孩子阅读书籍的真诚，我感受着一个孤独的文化人在山区里孤零零地行走的身影，我感受着这个文化人在闭塞的山区用怎样强大的力量去为孩子们求书的心情，我感受着我们在城市里渺小的身躯和被人流挤瘦的影子。

在城市里，当许多人都远离原始的阅读方式，开始用电子书粗糙地快餐式地阅读的时候，山区的孩子还在一条希望阅读的路上艰难地守望着一种原始的阅读方式。我怦然心动，我寻找着山区罗校长留在博客上的电话，没有一丝怀疑地按着手机键盘拨打了过去。

我要去贵州，去贵州地名后面那长长的汉字符号里能温暖内心的山区，去宁静的山路上渴望读书的苗岭，去布依族的寨子里，寻找那些读书的声音。

小榄情怀

中山就在深圳的对面，一个小时车程。

因为近，所以我总是在去珠海的路上偶尔看看这里的风景，像一个过客，匆匆地、无目的地透过车窗户似看非看。

小榄在中山的深处，是中山的肺，呼吸着地地道道的地气。一个袖珍版的小镇，隐藏在城市里，如果不是真心去找，谁会在繁华的街市里找到一个不知名的小镇小村。

去了才知道，人们的主观意识是怎样地把一些美的东西直接给抹杀了。

坚持步行才能到达的地方，接着地气。在这里呼吸着天和地混合的空气，才能感觉到天的高远，地的灵气。

乘着小榄的三轮车，看到的一切一丝不苟地扫荡着我的味觉底线。

清净的路面，三轮车的铃声，清脆得像鸟鸣。三轮车主不是急速地把你带到目的地，而是慢悠悠地对一个外地人娓娓道来他在小榄生活的体验。

三轮车师父还会告诉你，在小榄生活是多么惬意，租个房子，每个月100元到300元，随便做点零工，就可以过一种轻松没有压力的生活。他的三轮车漫无目的地跑，随便拉一个客人，跟客人聊聊小榄，聊聊生活在小榄的感受，他很知足。

小榄的牛腩面，牛腩很多，面很细很劲道。本地人做的本地特色的牛腩面，本地人吃得多。外地人只有懂行的才能寻着正宗的味道，饶有兴致地坐在自己的座位上等待着小店老板的美食。小小的店，很干净，进来的人多，即使站着等着，小店也很安静。没有嘈杂的喧闹声、说话声。广东人的大嗓门高音喇叭不知道藏在了什么地方。同是广东的土地，小榄人却更内敛、平和、宁静。

因为这份宁静，因为这份更有味道的牛腩面，我对小榄有了一种亲近，像在我自己家乡里的小店，在这里感觉不到自己是一个外乡人，在一个陌生的小镇享受着当地的美食。

除了牛腩面，我还扫视着红豆双皮奶。

我对红豆双皮奶的钟情来源于樟木头的一家小店。好多香港人翻过深圳罗湖口岸拥挤的人流，就是来品尝这家小店的一碗红豆双皮奶的原味。我也是坐上和谐号从深圳到樟木头，为了去吃双皮奶。我的朋友丁燕总是在诱惑我的时候说："我正在吃双皮奶，你来还是不来？"那种诱惑，让你口里只剩下双皮奶的味道。

小榄的红豆双皮奶，味道也像樟木头的一样地道好吃，保持着原来的分量，也保持着原味。

小小的镇有两个大公园：凰山公园、江滨公园。

两个公园围绕着小镇的中心，人们从四面八方的路口都可以到达公园，公园是圆的中心点，住在周围的人们是圆里的半径。

文化路上，有小榄艺术馆、琴行、书画馆、画廊、红木家具馆。高雅的艺术、民间的艺术都在一条街里呈现出来。你感受或者没有感受到艺术的氛围，是在于你的内心。有或者没有，都不要回答。如果来到小榄，你能感受到的是踏实、温和、舒服、心静。

文化路上没有拥挤的车流。三轮车、摩托车、自行车、汽车同行的车道，谁都不赶谁，都在自己的位置上向着需要到达的方向。

水客人生

有了体验做水客的想法是在从香港油麻地过罗湖海关的一瞬间。一大群小贩从海关门口迎着过关的人们蜂拥而上，问要不要卖带来的港货。很久没有过罗湖海关，也很少关注新闻里关于水客的事，对卖港货的事存在一种好奇。于是跟着一位小贩询问关于出售港货的品种、价格。一番询问后才知道，带一些港货入境可以赚很高的收入。例如，美赞臣婴幼儿奶粉一罐能赚 15 元，蜂王帮宝适 15 元，黑人牙膏 2 元，金沙巧克力一盒 5 元。

罗湖海关，一个身穿黑色外套的女子，大包小包装满了各种货。我在她面前停下来，眼睛盯着她手里的货和她放在地下的货。我惊讶于她怎么带过来这么多的货，这么瘦小的身躯货物装满全身，谁有这个本领？当我的惊讶还在等待着张开嘴巴的时候，她大方地旁若无人地把手伸进内衣里，从内衣里往上掏，使劲地掏，似乎在掏一种粘贴到内衣上的东西。她的旁边站着等待收货的男货主，还有和她一起从香港过来的女同伴。我的嘴终于张大，眼睛张大，惊讶张大，她从内衣里掏出一盒龙凤烟放进收货男人的塑料袋子里，然后再用同样的动作伸进内衣，她掀起的衣角暴露了包裹着的满身的龙凤烟。20 盒一条的龙凤烟她装进内衣的是两条 40 盒。这些烟乖乖地守在她宽松的外套里面，从乳房到肚皮堆成满满的山。

这一幕，不是深圳海关的人员给我介绍的水客带货经历，是我亲眼以一个新水客的眼睛看到的真实现场，这个现场发生的时间是 2014 年 3 月 21 日下午 1 点 50 分。

2014 年 3 月 23 日 11 点，我站在香港上水彩园广场彩珠楼的后面，那是大象车等待取货的定点地方。半个多小时过去了，大象车仍然没有出现，也没有在平时见到的地方看到大象女的身影。那个嘴里叼着烟、手里夹着烟的大象女仅成了我的想象。

彩珠楼后面飘出粉面的味道、肠粉的味道、香港腊肉的味道、生菜在开水里蒸煮的味道，如此杂陈的味道却进入不了我饥饿的胃，也掀不动我精致的味蕾。我早晨吃过的鸡蛋煎饼，还在胃里饱食着，饱食的感觉里分辨不出肠胃的蠕动。现在，在香港上水彩园广场，我能以一个外乡人的身份尽情地呼吸着香港的空气，心里的踏实感如同一个香港本地人。虽然在深圳的 10 多年时间里，我无数次地来往于香港和深圳，穿过罗湖桥，穿过罗湖海关，从普通通道到 E 通道，但大陆身份让我和香港隔着深深的距离感。那种距离感就像自己的皮肤离开肉体的感觉，就像肠子离开胃的感觉，就像手断开胳膊的感觉。身心分离、灵肉分离、灵光分离、水分跟血液分离，它是一个大陆人和香港的距离，即使香港在很久以前属于深圳，它的版图也是从深圳分离出去，但是一旦分离，肉身之魂就成了另一种含义，一个家庭里的两种人，同胞兄弟的两个胃。

一个小时过去了，大象女还没有在我希望的地点让我的眼睛刹那间感到惊喜。风起了，它迷离着我的眼睛，有些疼，有些泪，有些失望。三三两两的香港人从我的身边悠闲而过，骨子里的骄傲在他们的眼神里闪烁。今天是周日，香港人可以这样轻松地过周末了。

风更大了点，它从树根的底部向我吹来。我有点感冒，鼻子不通气，头有些晕。一辆大巴在前面停下来，挡住了后面的车，喇叭声此起彼伏地从后面的车里发出来。香港的小街道能容许这么响的喇叭声？

下午 3 点了，我已经等待了两个半小时，有几辆像大象车的车一溜烟从我眼前飞驰而过，没有一辆是我等待的车。

失望裹携着暗淡无光的色彩，我忘了自己是一名新水客，抬起屁股，发现自己坐在“英雄莫问出处”几个字上。不知是谁用蓝色笔写上去的，是像我这样的新水客？我是英雄我怕谁。

5 个小时过去了，我想念的大象女仍然没有出现，我逛了 10 次彩园广场，寻找之前有过一面之缘的水客，稀稀拉拉的水客坐在水泥凳子上等待着什么，有的不知何时已经装满了身边大大小小的袋子，有的在面包店买一包面包，没有一个去旁边的本真餐厅吃一碗 45 港元的海鲜面或者鳗鱼面。偌大的彩园广场剩下孤独的寂寞的我，早上来时作为香港人的感觉荡然无存。如果大象女不来，我将一无所获，空手而归。

此时此刻，在香港的上水彩园广场，一种悲哀从头到脚凉遍全身，做水客的滋味是荒凉中的反刍，一遍又一遍在胃里翻江倒海地搅动。

寻访山阴（上）

“雁门关外野人家，不植桑榆不种麻。百里并非梨枣树，三春哪得桃杏花。六月雨过山头雪，狂风遍地起黄沙。说与江南人不信，早穿皮袄午穿纱。”

这是描写山阴的古诗，时间过去几千年，唯有这首诗在山阴家喻户晓。古诗诉说着山阴的过去，也是山阴自然条件的真实写照。山阴除了隐藏在远古的诗词、乐府里，兵家争战的战场里，历史文化的久远里，她对今天的人们来说，仅仅是一个陌生的名字。

（一）

如果没有2012年8月18日山西山阴县的奶牛选美大赛，也许至今我对山阴都不甚了解。甚至可以说，孤陋寡闻，我相信在中国，许多人和我一样，面对全国许多名不见经传的偏僻的小县城，我们谁会像对待自己的出生地那样去热爱它、关注它，并且一往情深地去记住它呢？没有多少人去做的，中国30多个省，偏僻的小县城太多了，多过了属于我们日常生活的所有日子，谁还能把这样跟自己无关的地方留在记忆深处？

山阴就在2012年的8月像瓷片一样紧紧地贴在了一块叫心灵的地方，从那天开始，我就有了去寻访她的冲动和愿望。这种冲动来自全国的媒体、网络对山阴奶牛选美大赛的几乎枪林弹雨般的报道。仅仅3天时间，山阴无人不知无人不晓。

作为一个老新闻人，我从没有领略过新闻可以像子弹一样密集地去扫射一块纯净的土地，和那块土地上金黄的向日葵以及淳朴的人。

有些子弹是善意的，有些子弹是智慧的，有些子弹是偏狭的，有些子弹是危险的，让你躺着中弹。

还好，就是这些五颜六色的、四面八方的子弹，让偏远的山阴在一夜成名，山阴奶牛选美大赛活动也成为2012年网络最火爆的10大新闻之一。

是网络善意的恶评让雁门关外的山阴县走出塞北，走进了人们的视野和记忆。如果王昭君在天有灵，她会知道沿着这条出塞的路走出塞北有多么艰难。山阴有三山，东南恒山、余支翠微山、西北洪涛山。如元好问所写的山阴那样：别郎容易见郎难，千山复万山。杨花帘幕晚风间，愁眉澹澹山。光禄塞，雁门关，望夫元有山。当时只合锁雕鞍，山头不放山。

子弹的力量真的是无穷的。它穿过之后，留给我们的是一次有意味的思考。

这份思考从我们的灵魂开始，从我们的猎奇开始，从我们的道德底线开始，从一个人的良知开始，从一个人的认知开始，从我们认为自己是一个有文化情结的文明人开始。

在火爆的2012年的8月，我没有去寻访山阴，我在等待着一个安静的时刻去叩访她，我不想用一种躁动的呼吸去打扰她，我要让山阴安静得就像选美大赛之前那样宁静。

喧嚣过后的时间是水，它抚平了所有的喧哗、嘈杂。

如此，在2013年的清明，我来到了山阴，来寻访一种久违的新闻原料。

从太原机场到山阴的高速路，是喜鹊之路，几乎所有路边的杨树上都有喜鹊的家，一个小小的不经意的家一直延伸着，从我的视线所及之处，一直延伸到无穷远无穷远。

这是我寻访山阴之路，一路上有喜鹊在前面引导。喜鹊是吉祥之鸟，它掠过树枝后的羽毛轻盈地飘在蓝天的风里。

（二）

我追逐着喜鹊的羽毛走进山阴。

在穿过5000多米长的雁门关隧道后，山阴在我的眼前一一呈现。

春天的山阴，一片青黄，一切植物都等待着发芽生长。这种青黄是生命最初的颜色，是生命萌动的状态。

在这块孕育生命的土地上，我听到的第一个人是王昭君，她出塞的地方就是雁门关外的山阴。第二个是山阴的文化人王家屏，清明时山阴县正为王家屏纪念馆开馆揭牌。这些都是山阴很久远历史中的人物，他们活在今天山阴人的记忆里。尤其王家屏，在百度里唯一能搜索到的山阴文化人就是他。他是山阴的文化符号，是山阴历史文化名城里最响亮的文化名人。

我听到跟山阴最近的人是乔九崇，站在广武旧城的最高位置俯瞰整个山阴，我脑海里储存的全是乔九崇和山阴奶牛 30 年的故事。

因为写山阴奶牛，所以必须写乔九崇。乔九崇是发展山阴奶牛产业的第一人。我来时，乔九崇已经带着他的传奇创业故事长眠于洪涛山下，他瘦小的身躯挺起的是山阴白色奶制品的昨天、今天和明天。

乔九崇不会想到，今天的古城乳业公司已经比他在世时扩大了几倍，生产的奶制品达到了 80 多种，2012 年产值达到 8.5 个亿。

20 世纪 70 年代初，仅仅靠十几亩村里划拨的土地，年轻的乔九崇开始了创业。那时还没有古城乳业，只是在十几亩的土地上种植经济作物，然后在多出的空地上盖了几间房，当小工厂，做做豆腐、榨榨油、酿酒、开粉坊。因为有太多的饲料没办法消化，乔九崇才想到喂几头奶牛。就这个小小的想法，让山西有了自己的第一家奶制品企业，让山阴有了全国闻名的古城乳业。太原人清楚地记得，70 年代，他们的孩子就是喝古城奶粉和牛奶长大的。

只有小学文化程度、身高不足 1 米 7 的乔九崇，是全国劳动模范、朔州市发展乳业功勋、全国优秀乡镇（民营）企业家、山西省功勋企业家。他因患癌症医治无效于 2004 年 5 月 18 日凌晨 5 时在山西省博爱医院去世，去世时 63 岁。根据乔九崇生前遗愿，丧事一切从简，不举行遗体告别仪式。

他临去世前，叮嘱古城乳业的干部职工：一、不准参加他的葬礼；二、不能停止生产；三、不要因为我的去世而悲伤。

乔九崇走了，他去世几年后，因为三鹿奶粉三聚氰胺事件，导致全国乳品企业接连倒闭，古城乳业也濒临破产。在最关键的时候，山阴县把挖煤的老总郭俊放在了古城乳业董事长的位置上。这个高大的北方男人，从煤里拿出 8000 多万元投进了白色经济的奶制品行业。古城活了，山阴的千家奶农有了活路，山阴的 8 万头奶牛有了输送奶的渠道。

8000 多万元是山阴给奶农们的救命钱，这钱也是山阴大力发展农牧业白色经济和绿色经济的方向。靠黑色经济煤，山阴的资源总会有匮乏的那一天。但是，白色经济和绿色经济是农业中的阳光产业，而且刚刚起步，未来还将会走出国门，跟世界接轨。

（三）

这样的愿景跟山阴举办奶牛选美大赛的意图是一致的。通过古城乳业的采访，通过乔九崇，通过郭俊，我对山阴肃然起敬。这才是我想了解的山阴，是评论风波乍起前的山阴，她以朴实的姿态存在着，也从来不会因为一些极端的恶评就改变了原来的样子。

山阴仍然是原来的山阴，宠辱不惊，泰然处之。

经历过三次奶牛改良，从最初的黄牛到黑白花到何斯牛，三次改良，三次成功。在山西，山阴可以引以为傲；在全国，山阴也可以自豪地夸奖自己。

这是中国农业发展史上的壮举，中国农业应该记住山阴和山阴奶牛。

走进山阴，新闻背后的恶评逐渐清晰，我面前的桑干河纯净地流向她去的方向，没有湍急、没有起伏、没有激浪。桑干河平静地流过我的心底，平静得像喜鹊的家。

因为走进山阴，我有了将山阴奶牛选美大赛新闻汇编成一本书的想法，这个想法得到了山阴县政府的支持。

我希望所有关注过山阴奶牛选美大赛的新闻人、文化人、网络人都能从中看到山阴的成长、看到新闻人的成长、看到文化人的成长、看到网络在这个时代的成熟和成长。

我们都在成长，在时间里，在所经历的新闻事件中，在我们今后所需要面对的丰富的社会事件中。

感谢在山阴奶牛选美大赛过程中，以及之前和之后为山阴的发展留下文字的新闻人、文化人、网络人。

寻访山阴（中）

在百度里，我搜索山阴，除了奶牛大赛的全部新闻，我看不到一篇关于山阴的散文。除了古诗词中的山阴，我读不到一篇今天的文化人写山阴的文章。

在关于山阴的新闻报道里，字里行间都是奶农们养牛的艰难经历。

只要是山阴人，每一家都有一本养奶牛的辛酸账。

2013 年 4 月 5 日，我去山阴薛圐圙村。

董有阳的一头奶牛在清明前一天血崩而死。一头奶牛的死，董有阳将损失 10000 元，还不算饲养成本和人工费。50 岁不到的董有阳已经是满脸风霜，满是皱褶的脸上写下的是岁月的磨砺和艰难。

薛圐圙村有华盛奶牛专业养殖合作社，在社长周广贵的家里，许多奶农在交流养牛的信息。

我问周广贵："山阴的奶牛选美大赛，你们合作社有奶牛参加选美吗？"

周广贵笑而不答："你问奶农吧。"

这个合作社牛养得最好的奶农梁太增很直接地告诉我："我们想参加，但是我们的奶牛不达标，不够资格参赛。"

"这么严格？"我随意问。

梁太增说："那当然，我们都没有面子，牛不够资格。"

我说："你的牛养得最好还不够资格？"

梁太增说："我的牛只在我们的合作社可以，跟其他合作社比，我的奶牛产奶量还达不到参赛标准。"

"今年如果再举办奶牛选美大赛，你们想参加吗？"

其他的奶农都笑了说，看够不够资格。

周广贵家的门口就是他出钱建的华盛奶牛专业养殖合作社，奶农们把自家的奶牛们放在合作社里统一管理。每月给合作社交管理费，这样奶农们就不用担心牛奶的销售情况。

黑白花奶牛悠闲地在专业场地散步、沉思、吃草，饱满的乳房散发着纯正的牛奶香味。

我高喊着："奶牛们你们好！"

奶牛们频频回头，用一双双巨大的牛眼回眸一种疏远的神情："你从哪里来？你来做什么？"

清明的风比以往更冷更剧烈，在周广贵的家门口，我给周广贵、梁太增、董有阳拍了照片。董有阳因为刚刚死了奶牛，心里很难过不想拍照。为了缓和他的难过，我还是把他拉了进来。梁太增拽着董有阳的胳膊，周广贵站在梁太增和董有阳的中间，背后是他们辛苦喂养的奶牛，风吹起他们的头发，我赶快按下快门，照片成了。

我把照片回放给他们看，董有阳有些害羞，他满面的皱纹，像刀子一样一点点地刻上了刻度。我突然为董有阳感到心酸，并有眼泪在风中飘零，我从风霜的皱纹里看到了奶农们的辛苦。

寻访山阴（下）

（一）

“把风沙留给山阴，把清风送给北京。”

在山阴，人人都会说这句话。处在皇城根下的山阴，把桑干河最清的水流输向北京的密云水库，把黄沙挡在雁门关外，留给山阴。在山阴的几天，我领略了山阴春风的浩荡，领略了山阴人的豪气和担当。

在山阴的几天，我还记住了另一个山阴人彭云，为了村民们的吃水问题，他宁肯放弃离开山阴去深圳的机会，坚持为村民引来清澈甘甜的泉水，而他最终倒在了给村民送水的路上。他倒下去的时候仅仅51岁。

在山阴，我还意外收获了一首诗，诗是赞山阴的。

《赞山阴》

雁门关外山之阴，
桑干河畔筑园林。
霞客游来迷路径，
谁怕江南比雌雄。
喜得今朝盛世新，
百炼千锤铸金身。
如今谁人点雄兵，
一代县长南志中。

这是60多岁的山阴人王建都，2012年看到山阴的发展变化后写给山阴的诗。他离开山阴很多年了，每年只在清明扫墓的时候他才回一次山阴。回到山阴，他也只去墓地给先人烧烧纸钱，表表孝心。山阴20多年没有什么大的变化让他没有心情去欣赏老旧的样子。

2012年清明，他无意中走进山阴城，看到的是盐碱地上建起的山阴新城区的新面貌。他顿时惊呆了，在他忽视的一年多的时光里，山阴有了这么大的变化，他想都不敢想。桑干河湿地工程围绕新山阴城四周，河水清澈，有两只天鹅悄然地来到这里安家，还有许多野生黄鸭双双对对也来到了这里。看到此情此景，王建都老夫发了少年狂，随口吟出打油诗《赞山阴》。此诗先后在王建都亲朋好友的手机里相互转发。到2013年，《赞山阴》已经在山阴出租车司机的手机里流传开了。

如果我没有亲自去山阴体会，我不会相信这首《赞山阴》的诗是一个出生在山阴却工作在外地的山阴人写的，我也不会相信这个离开山阴多年在外地工作的王建都能有豪情激情写诗。

当我站在新山阴城的制高点上，欣赏山阴城美景的时候，我以一个外乡人的情感，感受到了这片封闭的原始的土地所爆发出的希望和憧憬。站在新城的最佳位置，山阴的全貌便在眼前凸现。洪涛山下，桑干河畔，黄鸭远游，天鹅飞翅。蓝天白云下，风吹草动，牛儿哞叫，羊群隐现。盐碱地上，白碱层层，各种果树各种花争先开放，喜鹊之家处处。多么美好的山阴，多么美好的山阴明天。

山阴的文化人小孙告诉我，两年前她们打算把家搬出山阴，当看到山阴新城在百年寸草不生的盐碱地上突然建设起来的样子时，她们坚决地打消了搬家的想法。和小孙有同样想法的山阴人应该很多，之前她们想走出山阴，现在她们要坚决地留在山阴。已经走出山阴的人也陆陆续续返家。

留在山阴的还有山阴的农民，他们占山阴人口最大的比重。

2012 年，山阴低保家庭免费看病，贫困家庭的孩子免费上学。2013 年 2 月，山阴县政府投资 700 多万元，购进油电混合动力新能源公交车 22 部，山阴全部乡镇通上了节能环保的新能源公交车。新能源公交车有 48 个座位，车身高，比普通的国客车节能降耗 30% 以上。山阴县的百姓，不用花钱就可以免费进城、进各乡镇。

2012 年年底，山阴通往太原的高速路通车，使得从山阴到太原的时间比原来缩短了 2 个小时。

（二）

是什么改变着山阴？是什么让县长南志中想把山阴发展得快一些，再快一些？

是生活在山阴的 20 多万人民，是山阴的上千户奶农，是山阴的 8 万多头奶牛，让南志中肩上的担子更重，压力更大，决心更强。

在这块 20 多平方公里的山阴新城区，我看到了在奶牛选美大赛中“中枪”的县长南志中为百姓做的实事。这些实事在老百姓的心坎里，在老百姓的眼睛里。

山阴的老百姓都知道，如果在深夜山阴城里还有一盏灯亮着，那肯定是县长南志中办公室的灯。这盏灯从 2011 年 11 月南志中被任命为山阴县县长以来，总是亮到最晚。

从朔州到山阴，仅仅 1 个小时的路程，南志中 1 个月才抽空回家看看 80 多岁的母亲。他给山阴的是全部的时间。

在山阴的几天，我唯一见到这位忙碌的县长的一次，是他在下井视察煤矿生产情况后的短暂见面。

我问县长：“几千米的井矿你敢每次都下？”

县长说：“县长不敢下，矿工怎么敢下井作业！”

是呀，县长不敢下，矿工怎么敢下井作业！

当奶牛选美大赛网络恶评如潮的时候，县长南志中也是这样回答媒体的：“不论有怎样的说法和质疑，作为县长都有责任和义务，而且应当不遗余力地去宣传山阴的奶牛，这个决心是不动摇的。”

为老百姓办事，身正不怕影斜。

（三）

在舆论风口浪尖的时候，山阴是平静的，平静得能听到洪涛山的风向哪个方向吹，平静得能听到山阴田野里的向日葵爆裂成熟的声音。山阴人没有因为外界的喧哗失去了往日的平静，也不会因为一次比基尼在山阴的蓝天白云下展露，就失去了尊严。

山阴的奶农们从电视里看到评论的新闻后说：“为什么比基尼在城市里穿就是高雅文化？在农村穿就是低俗文化？是城市让比基尼高贵了？还是农村让比基尼低贱了？是城里人看农村人的眼光低了？还是人们的思想在作怪？”

没有文化的奶农用无声力挺南县长。

返回太原走的仍然是来时的高速路，却多了不同的内容。我大脑里储存的全部是奶农的名字和每个合作社成群的奶牛。山阴8万多头奶牛是奶农们明天的希望，是我们要去真诚守护的牧业功臣。

在我们的牛奶用信用打开自己国门之前，我们首先要用我们的诚信守护我们的国产奶，让我们的孩子不要把喝奶的希望寄托在遥远的国度。

网评之后是我们的媒体人对山阴更多的关注，这份关注是媒体人自身的成熟，是媒体的成熟。

山阴像火山，在燃烧之前和燃烧之后都在按她预定的目标向前向前。

2013年，对于山阴来说是一次新的展示，美的展示。

山阴大地上那些喂养我们生命的山阴奶牛、山阴人、山阴风景，将在作家、画家、摄影家、新闻记者的作品里展现出不同色彩的美。

山阴展现在我们面前的将是山阴新城的崭新画卷。

这些农村的故事在我的昨天一直醒着，甚至在城里的梦里，我的人却在农村的田里。

身份的改变不等于记忆的改变，不等于心灵深处那些未愈合的伤口结疤。

摄影：吴同生

第四辑

诗意在乡村泥土里生长

王洛宾音乐乡村

诗歌里的乡村隐士

灰尘里的耙耧山

月亮湖

瓷器里的乡村

葡萄之路

木质的符号和记忆

劳模

……

在新疆，铁匠把生铁和生钢夹在一起打出最好的工具。钢口的软硬，关键在于最后一关，那就是淬砺。淬是蘸火，砺是磨刃。一件工具的利与钝，关键在于蘸火。如果掌握不好火候，刃部非软即硬，软则遇物卷刀，硬则触物崩豁。只有恰到好处，才能达到吹毛离刃的效果。蘸火时先把打制好的工具烧红，用钳子夹住器物的背部，把刃部猛地放入事先准备好的水中，听到嘶啦一声，立即从水中提出，然后蘸着水在磨石上磨光砥砺。

这种被淬砺的铁才是好铁，就像一颗柔软的葡萄裹着坚硬的内核。

任何人都有双重的性格，有的人不鲜明，有的人很鲜明。鲜明到既表露最柔软的一面，也表露最刚硬的一面。

我看着一颗葡萄从生长的阵痛到撕裂，直到今天的成熟。

那是一块钢和铁淬砺在冷水里嘶啦着蓝色烟雾变成另一个个体的蘸火，从表皮到内心，从心疼到极致。

那是葡萄被生硬地撕裂了枝丫、果肉、内核，重新被移植变成另一种土壤里的生疏的种子，从无目的地选择下种、剪裁、栽种的另一个植物。

新疆之外

新疆是放在中国版图上的珠子
我出生的时候就在这颗珠子的手心
我在这颗珠子的手心寻找我的位置
它叫哈密
新疆的门户东疆

哈密守护着新疆的东大门
所有进疆的列车都必须穿行而过
哈密瓜飘香的绿洲小城
总在列车的吼叫声中
最早醒来

比哈密醒得更早的是我生活的草原
一个叫老虎的爪子的草原
它属于哈密地域

其实我的祖籍在南方
而我出生后的所有记忆都是这片草原
以及这片草原之外的疆土

我学会的第一个词语是博大
它不是来自书本
它来自新疆本身
我 18 岁写的第一首诗
不是来自老师的教学
而是来自草原

因为草原我学会了写纯粹的诗
因为新疆我学会了什么是博大
我血液里流淌着一种叫新疆的情绪
它叫热爱

王洛宾音乐乡村

有华人的地方就有“在那遥远的地方”，有华人的地方就有王洛宾的歌。你也许常听《达坂城的姑娘》、《半个月亮爬上来》、《掀起你的盖头来》、《阿拉木罕》、《高高的白杨树》、《青春圆舞曲》……这些歌曲的作者就是音乐大师、世界名人、西部歌王——王洛宾。

1996 年 3 月 14 日，“西部歌王”王洛宾走完了 84 岁的人生旅途乘鹤西去。这一天新疆乌鲁木齐，风卷着雨，雨裹着雪，垂垂雨帘像是对一代歌王的哀泣。天有情，人更有情，在沉沉的哀乐里，人们唱着《在那遥远的地方》含泪为这位音乐老人送行。

音乐不分国界，人们从世界各国发来了近千份唁电，对王洛宾的怀念之情从遥远的大洋彼岸传到了新疆。

“一首歌唱 500 年”是王洛宾给自己确定的目标，他一直朝着这个目标努力着。在音乐上，王洛宾没有拒绝过任何人的希望，就是在病重住院期间，他还坚持给美国万年青合唱团谱写歌曲。

王洛宾一生搜集整理了1000多首民歌，《在那遥远的地方》等歌曲被收进《二十一世纪华人经典》一书。

王洛宾直到逝世都没有抱怨过任何人对他的非议，他是那样安详地走完他的音乐尾声。在临终前，为纪念王洛宾音乐生涯62周年，王洛宾写下了：愿透过歌曲带给人们美的享受。这是王洛宾留给自己也是留给世人的最后一句话。

在王洛宾逝世周年之际，怀着永远的敬仰和仰慕之情，我将我知道的王洛宾真实地记载下来以飨读者。我愿充满爱心的人们用一份善良和真诚，来实现一位音乐老人把一首歌唱500年的宏愿。

（一）第一次采访王洛宾

1993年，刚刚20多岁的我还是新哈密电视台专题文艺部的编辑、记者。7月3日早晨上班，部主任通知我，上午10点在哈密市市委礼堂召开新闻发布会会后采访“西部歌王”王洛宾。部主任还特别嘱咐，王洛宾老人是早晨到的，休息两个小时后，等开完新闻发布会接受记者采访。

新闻发布会上，中国丝绸之路首届哈密瓜节筹委会的领导说明了王洛宾来哈密是筹委会借“文化搭台，经济唱戏”办瓜节的主题，请他来当筹委会文化顾问。一句话，瓜节筹委会邀请王洛宾的主要目的就是观光采风，借名人宣传哈密。筹委会领导还郑重宣布了三个不准：采访王洛宾时，不准提阿拉伯数字3，不准提有关三毛和王洛宾之间的逸闻，不准提王洛宾在狱中的经过。

三不准更增加了我的心理负担，我内心一片空茫。

“王洛宾来了！”随着掌声，一位身着短袖 T 恤、银须满腮、慈祥和善、浑身上下洋溢着西部风情的老人走来了。我看到好多在座的文化界人士眼睛一下子变得亮光闪闪，脸上灿烂的笑容绽放着光芒。

见到王洛宾老人第一面的感觉竟增强了我的采访信心，他是那样祥和并且容易亲近的老人。81 岁的老人看上去要比他的实际年龄小 10 多岁。

“王老，你第三次来哈密对哈密的感觉有何不同？”我忘了强调声明的三不准，以这样的开场白开始了对王洛宾老人的采访。王洛宾老人的传奇故事让我很快进入了角色。记者的本能让我面对众多媒体口出狂言：争取拿到独家新闻！

王洛宾 1913 年生于北京，21 岁进入北师大音乐系学习，接受全欧化的音乐教育。毕业后他积攒了 500 元大洋梦想留学法国，但他在 1937 年北京沦陷、母亲病重的多难中将梦想搁浅。于是他转而西行，在西安参加了丁玲领导的西北战地文化服务团，创作抗战歌曲。一个偶然的机会使王洛宾在新疆一待就是几十年。直到他去世，王洛宾的子女按他的遗嘱将遗体火化送回北京。

1938 年，25 岁的王洛宾流落到西北，在六盘山上住了三天，一位老妈妈唱出的婉转悲凉的民歌曲调感染了王洛宾。“眼泪的花淹下（ha）了，放锅盔的褡裢轻下（ha）了，心中的惆怅重下（ha）了……”采集这首歌是王洛宾转向创作民歌的第一步，也是王洛宾人生最重要的一次转折点。他忘不了这首民歌和唱民歌的那位老妈妈。王洛宾发现最美最美的民族文化就在民间。从此，王洛宾便将他 62 年的音乐生涯和西北、新疆的民歌紧紧地贴在了一起。

“在那遥远的地方 / 有位好姑娘 / 人们走过她的帐房 / 都要回头留恋地张望……”这首家喻户晓的歌曲是王洛宾在青海当音乐教师时创作的。当时，因拍片子需要，在当地找个女孩当演员，王洛宾就作为向导找到了当地千户长的女儿卓玛。王老说：“我当时年轻，很调皮，拿起鞭子在卓玛骑的马屁股上抽了一下，在我还没有留意时，被卓玛反过来抽了一鞭。正因为我当时年轻，有一份激情才写出了这首歌曲。如果是现在，再也不会写出来了。”王老还诙谐地说：“跟卓玛抽的那一鞭子也有关系。”

王洛宾老人每天的生活很有规律，早睡早起。他住在新疆军区政治部干休所，每天早晨他早早起来骑上自行车在附近的马路上锻炼身体。1992 年，80 岁的王洛宾在新疆维吾尔自治区举办的老年人自行车慢骑比赛中，获得了冠军。一日三餐，他自己去食堂打饭，有时也煮稀饭、煮挂面。他不挑食，有什么吃什么。

在谈到弘扬民族文化时，王老说：“民族文化要有自尊感，这跟人是一样的。我在台湾讲学时，有位学生送了一把牙刷给我，说：‘这是挪威的牙刷！’我没有接受礼物，当时我说：‘难道我们中国没有自己的牙刷吗？’”

采访一个人首先要了解这个人。王老说：“我性格很倔强，采访我时，应该了解哪些话该问，哪些话不该问。有人问我：‘王老，如果台湾留你，你回不回来？’问这话的人是在侮辱我的人格，就好比问，敌人抓住你，你叛变不叛变。”

在采访快要结束时，我问：“王老，你这一生历经坎坷和磨难走到今天，你有什么感受吗？”王洛宾说：“我不认为我已经走过一生，我只走过一半的人生，还有一半的人生是我才开始的生活。”

坐在哈萨克族那花样独特的毡毯上，这位豪放豁达的老人又给我们唱了一首哈萨克民歌。歌词大意是：要知马儿好不好，就要它在斜坡上跑；要知青年人的智慧大小，就听他的歌儿有多少。他那浑厚的嗓音从松林间穿过，他唱给我们的是他如歌的人生。

结束采访，我们心里仍然有好多未了之事。该问的话似乎还很多，却都没有说出来。这份遗憾令我们沉默良久，自责良久。还好，8 月 15 日是首届哈密瓜节，王老将献上他为哈密瓜节谱写的节歌，再次来到哈密。我们也因此有了一次弥补遗憾的机会。

（二）第二次采访王洛宾

1993 年 8 月 15 日是中国丝绸之路首届哈密瓜节。这一天，哈密打开开放的窗口，拥抱着从世界各国走来的客人。作为哈密瓜节文化顾问的王洛宾，带着他为哈密瓜节谱写的节歌第四次将足迹踏在了哈密绿洲。

王洛宾此次来哈密，除了参加哈密瓜节开幕式，更主要的任务是完成中央电视台《东西南北中》栏目在哈密拍摄的王洛宾歌曲《掀起你的盖头来》5 分钟专题片，还有八一电影制片厂拍摄的《西部歌王王洛宾》6 集电视剧。

一个小小的地方电视台的记者凭能力及摄像技术跻身国家级的摄影师和导演其中，这可能吗？这不是自轻自贱。部主任和我们一起分析比较后，谁都没有太多的把握能够再次采访王洛宾。

抱着试一试的心态，我在晚上 9 点钟左右拨响了王洛宾老人住的宾馆房间的电话号码。接电话的是王洛宾的经纪人聂经博。聂经博知道是我，开心地说："你们上次的专题片拍得很好。寄过来的带子我已转交王老。"借此机会我赶忙说了这次采访王老的意图，以及我们想补充王老在哈密市的镜头，重新组合《王洛宾在哈密》专题片的画面，准备参加省台年底评奖。聂经博说："你等一下我跟王老说一声。"

两分钟后，聂经博高兴地对着电话说："王老同意采访，现在你跟王老说话。"

"王老，谢谢你。"我哽咽着只说了一句话。

"明天上午 10 点钟我在宾馆等着你们。"仍然是那从松林间穿过的声音。

王老说："我的休息时间很准时，说声对不起了。"

第二天，按约定的时间我们还是晚了几分钟。王洛宾住的宾馆，里外套间所有能坐人的地方都坐满了。和王老见面后，王洛宾老人把八一电影制片厂摄制组和中央电视台《东西南北中》栏目的创作人员给我们做了介绍。

在八一电影制片厂和中央电视台《东西南北中》摄制组人员不太友好的目光中，我们地方小电视台将王老"请走了"（谁也没有想到，当时拍摄的一组画面竟是王洛宾老人留给哈密人民永远的怀念）。

8 月的哈密绿洲，气温高达 40 度左右。王洛宾老人就在我们的“指挥下”漫步哈密街头。汗水从老人的脸上滚落，面对 81 岁的老人，我们真有些不忍心让老人受酷热之苦。我时不时问：“王老，你没事吧？”王洛宾老人总是笑着摇头：“我身体结实得很呐。”

漫步在哈密街头，热情的哈密人总是停步驻足向王洛宾老人投去热情的微笑。不论是年老的还是年少的，目光里都是热情。在哈密瓜香一条街，瓜主们杀开甜甜的哈密瓜争着抢着给王洛宾老人吃。哈密人用最好客的举动表达着对文化名人王洛宾老人的敬仰。面对此情此景，王洛宾老人激动地说：“哈密人民的心像哈密瓜一样甜，哈密人民真好。”

这感人的场面是我们事先没有预料到的，摄像机镜头里抓拍的这些珍贵的特写被我们永久地珍藏着。

从瓜香一条街走出来时，我不再充当“导演”的角色，我已经意识到我们对真诚的老人犯下的错误，这就是“利用”。我们利用王洛宾老人来获得我们自己评奖的荣誉。这份清醒来自于王洛宾老人被刚才那些朴实的瓜农团团围住，只为了让老人品尝一口哈密瓜的特写镜头。通过朴实的瓜农和王洛宾老人站成亲密无间的镜头，我们感到了纯朴的民间音乐流淌在我们的血脉里。血液烧红了我们的脸，而王洛宾老人并没有感觉到我们的内疚。

此后的时间，我们再没有要求老人做什么，我挽着王洛宾老人的胳膊却开始沉默，王洛宾老人仍然重复他的那句话：“哈密人民真好。”

我的眼睛有点湿润，望着被汗水浸满脸的老人，我感动了：一个时时刻刻都能感受人民的人，才能写出人民喜欢的歌曲，走进人民。81 岁的王洛宾真诚不改，热爱不改，爱人民的心不改。他用博大的胸怀满足着人们对他的渴望，他纯朴得像五线谱，弹奏出来的却是最动听而深沉的曲子。

路过哈密评剧院门口，看到好多骑自行车的老人，王洛宾老人向我们提出了骑自行车的要求，我们借了一辆自行车，再三嘱咐王老要小心点。只见他迅速地骑上自行车，然后放开一只手高高地举起太阳帽挥舞着。我们的心提到了嗓子眼，忘了王老是自治区老年人慢骑自行车的冠军得主。

白色的太阳帽在阳光下是那么纯洁。那么闪亮，一位音乐老人高高将它举起，像举着燃烧的乐谱。老人天真的心怀里放着人民和音乐。

白色太阳帽被高高地举着，举着。他高举的姿势成了我们永久的怀念。

（三）第三次采访王洛宾

1994 年，我因工作调动到了《新疆经济报》。报社的住宅楼在乌鲁木齐幸福路，没有想到和王洛宾老人同住在一条路上，且相距只有 200 多米远。

1993 年 8 月采访王洛宾老人后我再没有见到过老人，零星地看过王洛宾老人参加外出演出和讲学的报道。老人一直忙碌着。抽空几次去看望老人，总看到门上留的那张字条：出差在外面。于是向干休所的老干部们打听王洛宾老人的情况。他们说，王洛宾做完胆结石手术后，休息了一个多月，又被外面请去参加活动了。干休所的老干部还感叹："王洛宾真是个大忙人，精神好得很。在家时每天早早地就骑自行车锻炼身体去了。"

1995 年 7 月，《新疆经济报》策划了一组关于反腐败的采访报道。我当时的任务是采访王洛宾，请文化名人谈反腐败。

7 月底的一天，我终于通过电话和王洛宾老人联系上了。当天下午，我敲响了王洛宾老人的家门。

"对不起，我正准备洗窗帘。"王洛宾老人说着话打开了家门。

看到王老抱在怀里的窗帘，我笑着说："王老，我帮你洗窗帘吧！"

王洛宾老人一边放下窗帘，一边请我坐下，一边说："家里的活都是我自己干。儿子、儿媳帮忙我也不让他们做。我自己已经习惯自己干活了。儿子要给我请保姆，我当时就回绝了，我能干活为啥请保姆，我还没老到坐下来享受的时候。"

和老人说着话，我用眼睛扫视着整个居室。房间不大，两室一厅。卧室里摆着一张行军床，床上是叠得整整齐齐棱角分明的一床军用被子。客厅里除了一组简单的老式旧沙发，最值钱的就算一架钢琴了。电话在走廊的一张小方凳上。书柜上面黑纱巾透出的一张黑白照片吸引了我。我走过去看着照片上韶华依旧的女人问王洛宾老人："这是你的妻子？"王洛宾点点头，深沉地望着照片好长时间。

这时有人敲门。

一位老人领着小男孩，老人向王老解释，他是从北京带着孙子专程赶到乌鲁木齐拜见王洛宾老人的。孙子叫一昂。爷爷替孙子一昂说出了心愿：一昂大老远来的目的是想给王洛宾爷爷画一张肖像，问王老能否同意？王洛宾高兴地将陌生客人请进家。然后抚摸着一昂的头说：“多好的名字，一昂当画家，二昂当大艺术家，三昂当地球酋长。”

在10岁孩子一昂面前，王洛宾老人完全成了“听话的孩子”。一昂在离王洛宾两米远的地方坐下来，把画纸摊在腿上开始画。他一会儿说：“爷爷你笑一下”，一会儿说：“爷爷你的脸侧一下”。王洛宾老人任凭一昂摆布。

10分钟左右，一昂拿着手里的画递给王洛宾老人说：“爷爷，你看我画得像不像？”

王洛宾接过画一连声说：“像，像！”然后把画贴在了放钢琴的墙面上。一个月后，一昂的爷爷从北京给我寄过来在王洛宾老人家拍摄的照片。照片上的王洛宾老人仍然精神矍铄。但是在一年后，他永远地离开了我们。唯有这照片，记载了时间里，老人生活的片段。

在家里，王洛宾是很生活化的老人，在他身上找不到一点名人气。他用平常心接待着走进家门的每一个平常人。

王洛宾老人说，他年轻时受过好多苦，所以虽然80多岁了，仍然喜欢过苦日子。吃饭喜欢吃杂粮。有一次在北京参加一个音乐会，吃饭时面对满桌子的菜，王洛宾老人却吃不下，他向服务员要了个窝窝头，还被服务员说了句：傻帽。王洛宾说着自个儿笑了起来：“她们没有过过苦日子，哪里能理解过苦日子的人。因为受过苦就经常感激别人，被别人的真情感动。”

王洛宾老人还给我讲了这样一件事。

1993 年年底，80 岁的王洛宾老人在深圳参加“王洛宾音乐会”。音乐会开场，拉开幕布，举着特制“生日蛋糕”的年轻人唱着“祝你生日快乐”簇拥着王洛宾老人说：“王老，今天是您 80 岁的生日，我们向您表示祝福。”王洛宾老人感动得流泪了。面对真诚的老人，我理解王老当时流泪的心情。

王洛宾老人生活很简单、很俭朴，经常吃牛肉面，吃炒面他嫌太奢侈。乌鲁木齐七道湾有个村干部来看王老，王老问村干部一月工资多少。村干部老实说，200 多块。王老动情地说：“当我们的村干部一个月辛辛苦苦才拿 200 多块钱，我们好多贫困的孩子没钱上学，有些人却拿公款大吃大喝，贪污浪费。要说什么是腐败，这就是腐败。”

做完手术的王洛宾老人显得黑了，并且消瘦了好多，话说多了他总要歇一下。休息一阵后，王洛宾老人给我唱了一首给美国一位华裔女作家作词作曲的宗教歌曲《莲花的心》：

你的手是风 / 穿梭在飘摇的时光和岁月 / 你的梵音是水 / 诉说着悠长深远的风流 / 我们相会在方寸的莲台上 / 舞所从来 / 舞所从去……

王老边弹着钢琴边唱，他的手指在琴键上飞舞着，似落英缤纷。他略带沙哑的嗓音唱出一种虔诚的感动。

一昂的爷爷给我们拍下了最后的一张和王洛宾老人的合影。

最后的一张合影和最后的一首歌曲，竟成了王洛宾老人跟我们永远的别离！

（四）写在篇后的话

1997 年 7 月，我在哈密见到了王洛宾之子王海成。

身为世界名人的儿子，王海成拥有更多的是朴实，他讲的王洛宾很真实，没有过多的炫耀。

王洛宾留给子女最大的遗产就是搜集民歌记事本，上面认真地记录着什么时间到什么地方创作哪些歌曲。这本无价之宝促使王海成为继承父亲遗愿成立了王洛宾文化艺术公司。

王洛宾活着时再三叮嘱子女们，不让他们利用“王洛宾”的名义拉关系办事。所以，王洛宾三个儿子的名字几乎没有人知道。就连和儿子们相聚最长的时间还是在医院，在王洛宾老人病重住院期间。

王海成说：“作为王洛宾的儿子，我们有义务保护父亲的名誉。”

王海成于 1996 年 11 月在《扬子晚报》上以题为“欺世盗名‘新三毛’”的文章给所谓的新三毛曝了光。王海成说：“父亲首先是军旅作曲家。父亲走上音乐之路是部队培养的。1994 年，父亲为王震将军作词的《凯歌进新疆》谱了曲，创作了《红军师歌》等。父亲创作改编的歌曲来自于人民又属于人民、属于社会，任何人都没有理由和借口玷污父亲改编的音乐。”

诗歌里的乡村隐士

诗歌是什么?

诗人黄惠波这样解读：世界上有一样东西，它能让你或恬静，或怦然，或疼痛，或欢乐，或忧伤，或愤怒，或彷徨，或唏嘘，或遥想。这一样奇妙的东西叫诗歌。

黄惠波不仅用他的诗心解读什么是他内心的诗歌，他还用自己对诗歌的理解方式解读诗歌、诗人、诗集之间的必然联系：诗歌是诗人的江湖，诗人是江湖的隐者，诗集是诗人旅途中的酒肆。

所谓隐者，是脱离尘世回归自然的人；是陶渊明的大隐隐于市，小隐隐于野；是孟浩然的寓情田园、游览山川的情怀；是昌耀的“大寂无言，大难无怨”的孤苦灵魂。

诗歌江湖就是诗人心里驻守的城堡。这个城堡里只有那些为诗歌的品德用孤独的灵魂去坚守的人们。他们生于闹市却在闹市里独守着诗歌的清醒，独守着自己热爱诗歌的天真。

一个纯粹的、天真的、无欲无望的、用一颗干净的心装着他纯真情怀的诗人才能写出具有诗品的诗。

黄惠波在诗人们不出诗集的时候，先后在2013年、2014年出版了《禾火集》、《知秋集》两本诗集。《禾火集》积聚了他30年的诗情，有感而发，直抒胸臆，是为感情而写。

假如你仍是一名诗人，那就让孤独陪伴你吧。——《诗人之魂》

我的七月啊，流火，流火，流火。恨不得把这恼人的七月，一口吞进我的肚子里。——《七月无诗》

别以为我趴在地上是真的喝醉了，就让这纯洁的西北大地也听听俺的心跳。——《西北行》

假入我是秋，我将把一切献给这令我无比眷恋的土地，一半是“禾”，一半是“火”。

黄惠波是一名来自广东揭阳玉浦大队的基层干部，工作十多年，他纯真的诗歌之心从没有改变过。

如果《禾火集》是黄惠波对感情的抒发，那么《知秋集》就是写他内心的思考。

我承认：诗意并非我们的生活，但我深信：我们的生活就是诗。

不必问我是谁，也不必问，月下还有谁，我邀明月来对饮，饮尽人间伤与悲。——《静夜寒月》

你并非无惧死去，只是渴望着换一种没有痛苦的方式，继续活着。——《祭徐江兄》

在他出生时的老宅，他这样写：“我还没长大时，老宅就已这么老了。我正在变老时，老宅还是这么老。”

当你失去权利时，你或许就找到了自尊。权利的金字塔啊，本来只是骷髅一具。——《权利之悟》

一个堂堂正正的“人”，若多一蛮横，再多一点自私，即为“犬”矣。——《君子·小人》

这是黄惠波的诗，诗里除了清爽的气流、干净的气流、真诚的气流、坦荡的气流、君子的气流外，没有浊气和晦涩。

这就是诗歌的本真，抒自己的所发之情，发天地间的善恶之怀。善不娇柔，真不献媚。

浅显易懂的诗歌在当下成了玩弄技巧和语言文字的打着某个人烙印的商品游戏。当自己都看不懂自己的诗的时候，我们的诗歌该给谁去读?

真正的诗人还在狭小的空间里坚守自己脱离大家评判的孤独，孤独里是自我高崇的人文情怀。真正的诗人剩下的就是与众不同的坚守和脱离了低级趣味的孤独。

黄惠波就是这样的坚守者，他在自己的诗歌江湖里坚守着诗歌的纯粹、热爱、激情、纯真，他坚守着一个真正的诗人对待诗歌之文学的真诚、善良和诗歌的品德。

他把自己低到尘土，低到树叶的影子里。

他这样表白自己："我愿是月光下的歌者，不愿做殿堂里的诗人。"

诗人是江湖的隐者。黄惠波是这样的隐者，他的灵魂知道自己的来处和去处："我知道世上的生灵都已灭绝，至少还有诗人的灵魂在到处游荡、寻觅，和歌唱。"

在黄惠波的酒肆里，我们跟诗人一起旅行；在旅途中，我们品味着他酒肆里酿出的纯真的甘甜的怡人的诗歌美酒，也跟着他诗歌的灵魂到处游荡、寻觅，和歌唱。

灰尘里的耙耧山

2014 年 4 月 21 日晌午，像平时一样，无所目的地去浏览凤凰网的新闻和读书频道，《巫婆的红筷子》就像魔咒一样在我的眼前跳出来，砸在我的瞳孔里。

我选择了更深入地打开阅读。

正是晌午。

一世界的灰尘从山脉深处慢慢地铺过来。

> 风在耙耧山脉旋舞着，把覆盖在山岭上的细细的红色粉尘搅起来，送到山脉尽头的田湖镇，也送到那个正在努力砌墙的 14 岁的少年的脸上、脖子上和身上。

这是《巫婆的红筷子》在开头描述少年阎连科的一段话，就这段开头让我在饥饿的一天披着满身的灰尘进入阎连科和梁鸿的对话。

我打开文章的那天正好是凤凰网新书连载的开始。

像喜欢耙耧山的风和灰尘那样，1999 年至今的十多年时间里，我在不同的时间段，读完了阎连科的全部出版作品。我曾一度认为获诺贝尔文学奖的未来中国作家一定是阎连科。

像喜欢锄头和镰刀那样，我喜欢从河南农村地头走出来的女文学博士梁鸿。一手握着锄头、一手握着钢笔完成青春学业的梁鸿，对话耙耧山尘土里的著名作家阎连科。这是作家与文学博士的对话录，是曾经的农民内心深处对土地文学的感应和解读，是作家和评论家两条射线的回归。

从少年阎连科到成名后的阎连科，从农民阎连科到军人阎连科，从健康的阎连科到生病的阎连科，从灰尘中的阎连科到城市中的阎连科，从文学模仿开始的阎连科到成为评论家靶子的阎连科，从 80 年代受中国作家史铁生的《我的遥远的清平湾》、梁晓声的《这是一片神奇的土地》、古华的《爬满青藤的木屋》的影响到外国作家川端康成、契科夫、莫泊桑、欧·亨利、加缪，从阎连科在部队里写的初期小说《天麻的故事》、《良心》、《中士还乡》、《夏日落》、《小村小河》、《两程故里》、《东京九流人物记》到中期的耙耧系列《瑶沟人的梦》、《耙耧山脉》、《日光流年》、《年月日》、《坚硬如水》，阅读不是枯燥的复读，而是一种跟着作家和文学博士的对话进行的另一种心灵的呼应。

在对话里，我体会到了一个 14 岁少年在应该读书的年龄却干着成年人在外面的城市打工砌墙的境遇，体会着一个少年用年少的背在水泥厂里负重的体力透支，体会着少年在耙耧山悲苦的青春岁月。如果不是生活在农村，谁能相信那些沉重的山脉里旋舞的尘土是中国过去农村的缩影。

少年阎连科从沉重的山脉里走了出来，成了今天著名的作家。如果他没有走出来，他和中国的几亿农民一样，仍然把生命放在那山脉里的灰尘中，在时间里把生命沉淀到无人知晓、无人感怀、无人同情。

正因为巨大的尘土和悲苦焊接在文字里，阎连科的书没有时下畅销书那样火爆。就像阎连科在对话中所说的那样，他的作品买的人少，但是评论的多，评论多的原因是作品给评论家提供了可以评论的文本。

一切伟大的行动和一切伟大的思想都拥有一个微不足道的开始。

阎连科就拥有这样一个微不足道的开始，那就是成为军人。他被教导员相中，被部队首长伯乐识马。从此他把耙耧山脉里积攒的灰尘都变成军营里闪烁的光芒、闪烁的文字。

《巫婆的红筷子》不仅是一本对话录，更是一个作家的心灵史、成长史、命运史，是作家跟他的作品里的人物心灵共鸣的又一次对话，这个对话的引子来自梁鸿。

梁鸿在谈到阎连科的《日光流年》时说："加缪在《西西弗的神话》里曾经说过一句话：人意识到生活的荒谬和虚无，但还是应该怀着一种激情去生活。我觉得《日光流年》给我们的启示也是这样的。"

阎连科回答："人必须被一种精神鼓舞，尽管他是非常悲凉的。加缪的《西西弗的神话》至少表达了这种信念。我们谁也逃不了生死，但不能因此沉沦下去。"

人生就是荒谬，正如日复一日滚石上山的西西弗。在《西西弗的神话》这部哲学论文集里，作者一层一层地剥离人生虚幻的外衣，将其荒谬的本质赤裸裸地揭露出来。然而荒谬不是绝望，因为看穿幸福的同时也就看穿了痛苦。对于西西弗来说，地狱死神都算不了什么，他才是自己生命的主人，人类的激情和斗志没有什么能够阻挡。

作家是巫婆，红筷子应该是文学的精神和信念，是我们对文学神圣的热爱和敬重。

《巫婆的红筷子》让我们见到“滚石上山的西西弗正愉快地唱着歌儿，不知忧烦，不问明天”。

月亮湖

“起初神创造天地，地是空虚混沌。渊面黑暗。神的灵运行在水面上。神说，要有光，就有了光。神看光是好的，就把光暗分开了。”这是《圣经》旧约的开篇文字。神还把白天和黑夜分开了，把男人女人分开了，神让人类繁衍生殖，创造庞大的世界。

在读到朱子青的小说《月亮湖》时，神性的灵光一直在我眼前挥之不去，它像一个咒语罩在克鲁斯的上空。

小说开头这样描述克鲁斯：

> 兰斯老人明白，克鲁斯沦落到寸草不生、黄沙湮没、水源干涸这种境地，是神的惩罚，是因为他年轻时对月亮湖女神的亵渎，因为众多的克鲁斯人的无知和贪婪。这种内心深处的不安和恐惧像一片阴云笼罩着克鲁斯已经有半个多世纪了，克鲁斯的许多男人同兰斯一样不止一次地跪在湖边忏悔，求神恕免他们的罪过，

但还是没有得到神的宽恕，克鲁斯还是变成了这个样子……

神用抛弃的方式惩罚了他们。

神在小说里只是一种主观世界的存在，像人类与生俱来的信仰一样。如果信仰缺失，那么客观世界的主体将会倒塌。小说里建立了一个美好的神灵的世界，叫克鲁斯，他的存在象征着父亲，映照着神灵的是月亮湖，她是母亲的象征。

在克鲁斯，男人女人们都生活在一种美好的纯净的简单的单纯的原生态的环境里，他们的天是克鲁斯，他们的地是月亮湖——万卡尔。他们祖祖辈辈守着天和地过着他们平静的日子。当有一天，克鲁斯的男人兰斯和克鲁斯的女人塔娜用他们的身体亲密接触了他们的大地月亮湖后，克鲁斯的命运开始了一次颠覆的。在颠覆的过程中，克鲁斯的男人和女人付出了生命代价。

朱子青用一种魔幻、荒诞的手法，将故事与源于神话般的传说结合起来，运用象征、隐喻、潜意识等写作技巧，构成似真似假、波澜壮阔的克鲁斯生活图景。

在好长的时间里，我一直沉浸在这样的图景中，并且想到哥伦比亚作家马尔克斯的《百年孤独》。我想到了布恩地亚家族和马孔多小镇，想到了布恩地亚家族最后一代生下的长猪尾巴的孩子，想到了曾经繁荣的马孔多被一阵飓风刮得无影无踪。《百年孤独》被誉为再现拉丁美洲历史社会图景的鸿篇巨制。

《月亮湖》似乎不能用这样的比喻来诠释，它仅仅是《月亮湖》。但是通过魔幻的手法展现的社会生活画卷同样是触目惊心的。我想，当朱子青写这篇小说的时候，他根本没有想到马尔克斯，想到《百年孤独》。

湖水以惊人的速度在干涸和潮退。风沙以恒久的耐力在持续逼近。村子里又一次乱成了一团，有一部分人病倒了，有许多人吃不下饭。老人们不停地点数着陶罐，摸着自己的胡子感叹他们还能喝上克鲁斯的水仍是一种幸福，他们明白自己已经没有多少时日了。他们有时靠在路边的树下望着月亮湖不停地回忆过去。“多美的克鲁斯啊！”

当我读到《月亮湖》时，我却不能不叫好，不能不为他潜意识里独特的构思所震撼。在读图时代和网络时代，人们对快餐文化的阅读成了一种快节奏的消耗，写作也成为一种脑力的消耗和透支。在中国的西北边陲，还有这样一个为文字阅读执着地写作的人，他用思想透支着对生命的热爱，他用思想建立着一种对文字的信仰。一个热爱文字的人，为他的作品守护着信用。这就是我从文字中看到的朱子青，而他本人我还未曾见面。

在《月亮湖》里，朱子青所有铺陈的文字恰到好处地把小说的人物放到了他们合适的位置，放在了一个让神灵惩罚的行为中。而这种被神灵惩罚的亵渎行为，仅仅是克鲁斯的女人和男人违背了神灵的法则，违背了一种正常的生活秩序，违背了自然界原生态的生存方式。

违背了自然法则，克鲁斯从水草肥美变成寸草不生、湖水干枯。

克鲁斯的男人女人背井离乡，客死他乡。

小说的主人公兰斯也认为，月亮湖的干涸、克鲁斯的兴衰都是他最初对神灵的亵渎引起的。当他意识到自己的行为给克鲁斯带来灾难时，他用利箭结束了自己的生命，他把鲜血流在月亮湖，把凄厉的救赎声流在克鲁斯的上空。

当他双手使出生命全部的气力将箭矢捅进他的胸膛时，他感到从未有过的痛快和轻松，他泪水满面，温热的血顺着手指涌了出来。

他的喉咙里发出了一声那失却了多少年的名字：

“万卡尔——”

那声音凄惨而凌厉，像一支箭矢射了出去。

我的眼前是兰斯射穿心脏的箭失，它划过克鲁斯的天空，却不能下落。而兰斯流血的心脏装着全部克鲁斯人的生命。我相信，兰斯对神灵的信仰，是对生命的拯救。他的塔娜宁可绝水而亡，也要把生存的希望给了他。

自然世界中人类的生存自始至终离不开心灵的信仰。它像社会的道德秩序、法律秩序。如果社会的道德秩序更需要人们的信仰去建设的话。神灵世界的秩序只是一种暗示、隐喻，一种对这种道德缺失的警醒和守护，也许这就是朱子青想告诉我们的思想。

瓷器里的乡村

一把陶土，一滴水，一把火，那是陶的生命。

一把瓷土，一捧水，一窑火，那是陶瓷的生命。

从陶到瓷，泥土的灵魂与生命总在水和火的凝固、燃烧、冷却、搬运中完美地锻造。

一个简单的原始的用手去感知的工艺过程，让人类为它的惊艳诞生赞不绝口。即使这个世界用时间的分分秒秒去换算历史长河里的时光，绝美也是陶瓷给人类的惊世之作。

7000 年前，中国人就发明了陶器，瓷器从陶开始了一段名声远播的悠长岁月。

瓷器的英文名 CHINA 代表着古老中国的瓷器文化技术走向了世界各国。

600 年前，郑和七下西洋，开拓了中国最壮阔的海上丝绸之路。宝船上装载的中国瓷器：青瓷、白瓷、唐三彩也随之七渡西洋。

800年后，从广东阳江打捞起的南海一号宋代时期的古沉船，再一次验证了海上丝绸之路瓷器远洋的历史。

水让瓷器有了生命、有了灵光、有了远行、有了可以载舟的文化。水让泥土世界的陶和瓷在碰撞、交流、欣赏、赞美、收藏中有了连接世界的文化纽带。

20世纪90年代，中国广东林姓后代林界群跟他年轻的妻子，在广东一个叫饶平的穷乡僻壤，破土、建窑、烧瓷。

林界群用自己的一双手建起了烧窑厂，年轻的妻子跟着林界群，手和手在泥土、水和火中完成了另一种人生的升华，完成了瓷的升华。在青花瓷、青瓷、白瓷、唐三彩日月灿烂的世界里，年轻的林界群寻找着自己的瓷器世界。

中国文明的曙光是从良渚时期升起的，良渚文化发展分为石器时期、玉器时期、陶器时期。林界群没有把目光落在良渚最鼎盛的玉器时期，而是截取了良渚第三阶段的陶器时期，并把自己大胆的新思想融入了他自己的陶和瓷。林界群把这种通过新技术做成的瓷器称为“通明瓷”。

林界群的通明瓷是在保持最原始的制陶技术的基础上，在陶瓷配料中加入特别配方的无机材料，经过1360度高温烧结成型，获得可靠稳定的防静电性能，成为一种新型的特种陶瓷。

通明瓷凝聚了土之深沉、水之灵气、气之飘逸，在火中永生，在火中上升，在火中升华成瓷中精灵。

通明瓷在瓷器的设计上，更新颖、活泼、大方、多样、时尚。它的色彩紧跟时代的步伐，和国际接轨。

瓷器的种类更人文化，有艺术瓷、名家瓷、日用瓷餐具、玻璃瓷具、骨瓷餐具等。

通明瓷更典型的是突出瓷文化，一瓷一文化。陶瓷孔子的良渚文化，陶瓷惠安女子的闽南文化，贵妃神韵系列的宫廷文化，有瓷花工艺的粤文化，工艺绘画文化，工艺扇子瓷盘，工艺品文化，等。

荷艳多福、梅开五福、竹报平安、傲雪迎春、吉祥如意、花开富贵、富贵吉祥、辉煌人生、福寿人生、富贵人生、如意人生、品味人生、满堂金玉。这些在过年过节贴在广东人家的年画都成了通明瓷瓷花工艺的品名。

通明瓷是会说话的瓷器，当他安静地听着舒曼的小夜曲时，他是餐桌上的艺术，静静地静静地等待着主人的欣赏；当他装上粮食的精华——酒时，他是会唱歌的百灵；当他穿上惠安女子的服饰时，他是忧伤的客家女人；当他被雕刻成一把扇子时，他是凉爽的风，轻轻摇摇，就成了一首宋词；当他是一只雀鸟和树枝时，他是我们时间里最怡然自得的风景。

海洋之路繁忙地输送着会说话的瓷，一条海洋之路将他运送到欧美、东南亚、中东等 80 多个国家。他未来的路途会更远，运送的时间更忙，他在通向世界的路途中，以通明瓷的名义把深圳带到世界，把 CHINA 带到世界。

2007 年，深圳大鹏咸头岭遗址第 4 次挖掘出土了 7000 年的新石器时代的彩陶。陶片像散落的菊花花瓣，一片片诉说着悠久的历史。彩陶中血色的颜色，经过 8000 年仍旧鲜红。在大鹏湾畔，在大海的涛声中，如血的陶是落英缤纷。

海洋是瓷器走向世界的载体，是瓷器文化繁荣的水上路途。海上丝绸之路，把瓷器送到他需要到达的地方。

蓝色的海洋之心是瓷的心脏，悠远、博大、透明、纯净。

似乎和海洋之心有约一样，2012 年，林界群把他的通明瓷公司搬迁到了深圳大鹏湾畔。这种默契的迁移，是通明瓷接近海洋之心的一种呼应吧。

一瓷一世界，通明瓷里的精灵都插上翅膀翩然地飞舞在开放的世界。他是历史，是古典，是音乐，是歌舞，是诗词，是生活，是回归，是令我们的眼睛闪烁的表情，是令我们的血液膨胀的喜爱，是令我们的心灵想接近的冲动。

就像乾隆赞美的那样：晕如雨后霁霞红，出火还加微炙工。世上朱砂非所拟，西方宝石致难同。插花应使花羞色，比尽翻嗤画是空。

葡萄之路

丁燕何其人？在2013年她写的关于珠三角打工女工生活的《工厂女孩》出版后，她被全国各大媒体采访，登报上杂志。然后全国的各大奖项都有她的份，她飞转于各个城市拿奖，拿到手软。一个从新疆哈密葡萄的故乡走出来的诗人丁燕一时间红透大江南北，她写自身从乌鲁木齐到东莞的迁徙之路的散文《双城重活》也在2013年相继出版，甚至原来不被认可、无出版社愿意出的呕心力作《中国的瓦尔登湖——沙孜湖》也被全国最好的出版社出版了。

对于丁燕来说，《沙孜湖》是她用心、用情、用灵魂在离开新疆后的一年深入新疆，在深圳和东莞完成的一本书。这是她对出生地新疆的凝望和定格，是作为一个新疆人迁徙岭南后，辗转颠簸、艰辛讨生、回望新疆时，对那个逐渐遥远之地的另一种描述。每个字，于丁燕，都是千次的回眸。而这样的回眸，发自血液，无法矫饰，更无法伪装。

谁都不知道她离开新疆是怎样的一种离开，那种一直在葡萄秧里守候着叶子枯萎、生长、吸收、成熟的心灵路程，只有她自己知道。

在丁燕离开新疆后，有位新疆作家说：“丁燕总是攥着拳头，拳头里带刺，在瞅准机会的时候，伸出带刺的拳头准确地出击，不拖泥带水，毫不留情。”

她的话里有对丁燕性格的总结，一个刚硬的女子，一个时时刻刻穿着防护衣用有棱角的个性保护自己的女子。一个不分场合对那些她不屑一顾的文字和人进行批评的女子。她在新疆红得发紫的时候，悄然地离开了新疆首府、亚洲中心——乌鲁木齐。

我更喜欢把“淬”这个字用在丁燕身上，来写她的性格。

在新疆，铁匠把生铁和生钢夹在一起打出最好的工具。钢口的软硬，关键在于最后一关，那就是淬砺。淬是蘸火，砺是磨刃。一件工具的利与钝，关键在于蘸火。如果掌握不好火候，刃部非软即硬，软则遇物卷刀，硬则触物崩豁。只有恰到好处，才能达到吹毛离刃的效果。蘸火时先把打制好的工具烧红，用钳子夹住器物的背部，把刃部猛地放入事先准备好的水中，听到嘶啦一声，立即从水中提出，然后蘸着水在磨石上磨光砥砺。

任何人都有双重的性格，有的人不鲜明，有的人很鲜明。而对于丁燕来说，她的双重性格鲜明到既表露最柔软的一面，也表露最刚硬的一面。

最刚硬的一面，丁燕就是一块生铁、生钢，她自己就是一个火炉，她在43年的时间里，一直在火炉里烧烤着自己，在冷水里淬砺着自己，一边烧火，一边淬砺。沾满鲜血，沾满伤痛，沾满了在中国大地独自行走、奔跑的累累的伤疤。

最柔软的一面，丁燕是一颗葡萄，她有葡萄最温柔的肉质、最柔性的表皮、最坚韧的内核。

我看着这颗葡萄从生长的阵痛到撕裂，直到今天的成熟。

那是一块钢和铁淬砺在冷水里嘶啦着蓝色烟雾变成另一个个体的蘸火，从表皮到内心，从心疼到极致。

那是葡萄被生硬地撕裂了枝丫、果肉、内核，重新被移植变成另一种土壤里的生疏的种子，从无目的地选择下种、剪裁、栽种的另一个植物。

她柔软的那部分在南方湿润的空气里，一点点地被渗透到她内心最坚硬的被嘶啦着蘸火的那部分个体，然后她蓬勃在南方凌晨的 3 点钟，比南方的太阳早升起 3 小时之前的时光，这个时光，她安静地坐在自己家的写字台前，在键盘上，一个字一个字地敲打着她眼里放大的世界，充满着诗人热爱的文字和情感。

（一）我和丁燕：旧户东村和东菜园子里两头不同的驴

我和丁燕生活在新疆哈密不同的村子。两个村子被天山山脉分割开，我住在哈密以北的巴里坤县大河的旧户东村，丁燕住在天山以南的哈密城郊东菜园子。

两个哈密的村子展现着不同的地貌。

我的大河旧户东村子，门前有一条从东到西穿过整个大河的河流，河里的水一半是天山山脉的雪水，一半是大河团结水库蓄存的水。河的前面是一片一望无际的草原，也从东往西穿过大河。草原之上是巴里坤的南山，南山下住着巴里坤的城里人。村子的后面一半是四季不同颜色的庄稼地，庄稼地上面是看不到边际的戈壁，戈壁之上是北山。戈壁环绕着戈壁，山环绕着山，草原连着草原。大河的居民点面对南山，推开门就是草原和山。油画一样四季分明的季节每家的门里都展现着巴里坤的文化历史。

丁燕的东菜园子，能种葡萄、哈密瓜，各种蔬菜。哈密的蔬菜大部分是从东菜园子里输送到菜市场，再到城里人的饭桌。东菜园子跟哈密的城里只隔一条叫花果山的马路，这条马路分解着农村和城市的距离，尽管这条马路到达丁燕家东菜园子的距离仅仅 100 米，但是 100 米就是把城市人与农村人的身份间隔开的一条巨大的路障，丁燕身心疲惫地从东菜园子向 100 米外的城市跨越，她用了 20 年时光。

我比丁燕大 5 岁，1987 年的冬天，我需要用 7 个小时的时间从大河到哈密，当我翻过天山在哈密的文化中心听新疆作家赵光鸣讲文学课时，我碰上了比我小 5 岁的丁燕。那年，丁燕 16 岁，我 21 岁。我们都在《哈密文艺》发表过作品。因为丁燕的处女作小说《哦，玫瑰》，我记住了这个天真烂漫的女孩，和她在小说里成熟的文笔。

16 岁的丁燕，已经在小说里写男孩远离故土、女孩心怀忧伤的故事。而我的 21 岁，还简单地固守大河的土地，写大河的男人和女人。

“远离”这个词在我 21 岁时还没有到来，在丁燕的 16 岁已经成为文学作品里的暗示。

我那时不知道这个外表秀气、扎着马尾松的文学少女早已心怀离土的情结。她要去寻觅更大的天空。在这温柔外表之下的是一颗燃烧着的火山，她在爆炸的时刻一定爆炸，绝无选择。

在 21 岁之后的 26 年里，我和丁燕是两个村子里的两头驴，她在葡萄园子里拉磨种田，我在草原上闲散游牧。

她勤奋，她耕耘，她收获，她碰壁，她在新疆的山里撅着驴脾气撂着嘎子处处碰壁。最终在东莞樟木头，她找到了可以拴住缰绳的驴桩。然后，她像一座等待成熟的火山，在这个被广东人称为“小香港”的镇子里，一发而不可收地开始爆炸，爆炸，爆炸。连她自己都在这种爆炸里眩晕。

“从西北到东南，在别人习以为常、习焉不察的环境里，我看到了陌生与惊诧。而陌生化，不一定就是新奇，总令人愉悦。有时，它甚至是危险的。常常，我会感觉自己冒犯了某种界限，而这种跨界的行为，又逼迫着我。我放弃以往靠幻想的写作，而更喜欢真实的故事、真实的人物、真实的场景。这种做法，不啻为一种令人生畏的挑战，如从现实的秃鹫嘴里，抢夺回滴血的鲜肉。”丁燕语。

驴脾气的丁燕，在使用“从现实的秃鹫嘴里，抢夺回滴血的鲜肉”时，她已经 43 岁。那个扎着马尾松的少女在我的瞳孔里，已经从最初逃离时的内心疼痛，到被撕裂的个人拯救、救赎。她整个地将自己重新塑造、重新从自己的子宫里将自己生出来，并在另一种土壤里成为一头真诚的驴、谦卑的驴、善解人意的驴、吸纳了广阔天空里的有机养分成为有资本自己给自己拉磨的骡子。

我总在闲散的时间里，在新疆到深圳的天空里悠闲地逛，没有带驴笼头的橛子，从不逼迫自己去专注于工作之外的文字。闲逛在城市里的驴于我而言是一种幸福，拒绝了太过关注的红口白牙，也失去了被强光照耀的虚荣。

（二）双重丁燕：一个天使、一个魔鬼

丁燕在2013年时，她42岁，刚过而立。

像马拉松后的停滞，像高空走钢丝后的下坠，像投篮后的触地。这是丁燕在从天使到魔鬼后的一次总结，像圣经里的要有光就有了光，有暗就有了暗一样。光明的天使和黑暗的魔鬼，都是丁燕，是两个双重的她。

> 一直都有“两个我”，直到2013年，“我”达到了绝对的分化。
>
> 首先让我强烈意识到“我在分裂”，是因为这一对“我”的斗争，已达白热化——肉体的我和精神的我。
>
> 这一年，我的社会形象，依旧是卖文字为生的写字工，写作不仅是我从小就有的嗜好，更是我成年后，得以和他人区别的最大特征。故而我一如既往，开办着最原始的手工作坊：在不到一平米的书桌上写作。无论是在小镇的居所、东江边的农民房，还是城区的电梯屋，奇怪的是，我所使用的书桌，都是没有超过一平米的小桌。在如此节约的面积上，我海阔天空，编织词语，运送句子，娴熟娴静。然而，这是假象。写作的状态一点都不娴熟；

而写作中的我，一点都不娴静。我总在凌晨，最邋遢的时刻写作；而写作，总像赤足走在刀尖上，字字见红。

丁燕的双重“我”，不仅仅在2013年的时候出现。

魔鬼的2013年，《工厂女孩》在获得全国许多奖项后，她应该沾沾自喜，她却出奇的平静、冷静、独处。

她冷静地分析自己从一个新疆人向南方的生活转变及再扎根的现实遭遇，和一位诗人离别空旷边疆进入喧嚣沿海的精神疼痛史。

行走的路程里写下的文字，让她精神愉悦的同时，也让她的肉体触碰到手指像在刀尖上行走的疼痛。

她凌晨的写作，让她敲打键盘的手指磨去了老皮新皮，流着血。只有在缠着创可贴的胶布后，她才能继续打字。即使字字见红，丁燕也没有一刻停下来。

她内心里的魔鬼在催促着她，她肉体的魔鬼在追赶着她。她完全不用靠辛苦的文字赚钱养家，但是她停不下来。

那些驱赶她的魔鬼在她的每一处监督着她，逼迫着她。

这个魔鬼在丁燕7岁的时候，在阳光灿烂的早晨，像鬼魅一样种进她的肉体，让她发疯了一样，要摆脱一切，逃离。

那时，7岁的丁燕应该是天使。如果那个阳光灿烂的早晨，她不去东菜园子的菜地里找母亲拿钥匙，如果她不找母亲，不拿钥匙，那个天使，应该一直让丁燕幸福地感受着东菜园子的葡萄是怎样的甜蜜，也会让丁燕一直像快乐的天使，成熟，长大，飞翔。

但是那个早晨，丁燕高高兴兴地唱着歌去母亲干活的蔬菜地里拿钥匙，没有找到母亲，却听到另一些灰暗的声音：“这就是她领养的妹妹的孩子？孩子都长这么大了？”

即使是低语，这些灰暗的话语也像飞机轰炸在7岁的丁燕的身体里。

在一刻钟里，7岁的天使被无情地斩断了翅膀，像中了咒语一样站立成一个木桩。她失去了发声的功能，刹那间失去了高兴着的表情。

这个早晨里灰暗的声音覆盖了丁燕7岁之前全部的天使轨迹。快乐的天使原来是养女，快乐的天使原来是在养母养父40多岁时领养的。

7岁的天使在一瞬间变成了魔鬼，这个魔鬼回家后，像原来的天使那样甜甜地叫着养母“妈”，叫着养父“爸”。养母养父没有感觉到这一天跟其他日子有什么不同，也没有察觉到这个小小的天使、用他们的双手和情感养成7岁的女儿在一天里变为内心里的魔鬼。

7岁，丁燕的天使之路被血淋淋地晾晒在东菜园子的蔬菜地里，从此再没有捡回来。

她对抛弃她的生母的愤怒、仇恨，从血淋淋的那天开始，在阳光的早晨，成为她魔鬼之路的影子。这个影子，一直到她自己成为一个母亲、养母养父相继离去之后，丁燕才像自己死了一次一样，慢慢地慢慢地从内心里把它拿走。

（三）双重母亲：一个女儿、一个母亲

1993年，20年前的晚上，22岁的丁燕从东菜园子的家里逃离哈

密，在陌生的黑夜里，从哈密的火车站去亚洲中心乌鲁木齐。

她离开的时候什么也没有带走，她只带走了她自己系挂在东菜园子家里的承载。这个承载是关于她在东菜园子葡萄架子下对家的确认，即使她没有降生在这个葡萄架下，她也要确认她对东菜园子的感情，对葡萄架的感情，对每一颗葡萄的感情。她把童年那个透明的快乐的幸福的天使留给了她的养父养母，把自己内心的魔鬼留给了逃离的自己。

养父养母至死都不知道，这个本应该姓王却成了姓丁人家的女孩，在 7 岁就知道了自己的养女身世。

而她的亲妈亲爸都生活在哈密的城里，从花果山一直走到红星路，仅仅一公里的直路，不需要拐弯，就是丁燕的生父生母家。她的哥哥、姐姐、妹妹都是城市户口，都有正式的工作。而她，因为被领养在农村，她成了家里 5 个孩子里唯一一个是农村户口的孩子。大学毕业后，丁燕所有在城市里的同学都分配到了工作，学习成绩更好的她却没有被哈密留下。因为她是农村户口，她没有资格在城里有一份被组织分配的工作。

5 个孩子，丁燕是家里的中间的一个，注定是需要平衡的天平，她被平衡了，出局了。在她三个月大的时候，她被从生母的手里送到养母的手里，两个有血缘关系的姐妹在送出和接受的过程里，都把体温给了这个刚刚三个月的孩子。

她是生母和养母两姐妹的孩子，她在 7 岁时发誓，她的母亲只有一个，是她的养母，是生母的亲姐姐。

7 岁后，丁燕才发现，自己双重性格里尖锐、粗糙、刻薄的性格是生母的遗传。天使性格里柔软、细腻的情感是养母性格的遗传。不同性格的两姐妹，把她们身上最坚硬的和最柔软的性格都集中在了丁燕身上。

22 岁的丁燕第一次离家，是丁燕对自己人生逼迫的选择，她选择了逃离。

39 岁，丁燕再次从乌鲁木齐到深圳，她走时，已患抑郁症一年，她走在乌鲁木齐青年路的街上，她眼里是一条鲜血流动的河，她闭着眼睛，这些鲜血就在她的眼前。她在 2009 年至 2010 年一年的时间里，不能写作，不能思考，不能回忆。

她无目的地选择了深圳，选择了陌生的下落点，那是孩子的明天和未来。她还是一个 5 岁孩子的母亲，她需要一种新的环境完全忘记她记忆里的恐惧、惊惧、死亡、鲜血。她要活起来，活给养父养母看，也要活给年幼的孩子看。她要确认她重新选择的人生里，什么是最无情的打击，什么是最糟糕的生存。

深圳并没有给予丁燕她希望得到的生存，丁燕也从没有希望过在深圳她能得到什么样的生存。她能好好地活着，把那些伤疤一样的记忆彻底忘掉，让抑郁症消失就是对自己选择的肯定。

地理意义上的距离感拉得很长很长时，在深圳的桃源村，满身汗水的丁燕在出租屋里努力凝神，让头脑中那片遥远之地慢慢清晰，沙孜湖就这样在深圳灼热的气流里，在深圳 8 月的天空下，汗水和着泪水，开始了文字流畅的表达。这是丁燕停止写作一年后的重新思考。一个作家在洞察了南方和北方各种不同的文化之后，穿透民族、文化、宗教、政治等一系列障碍，将人类共同的感情表达了出来。

从一颗葡萄的阵痛到撕裂，丁燕经历了30多年的光阴。这些光阴一天天地晾晒着一棵植物的生长、剥离、蜕变，也晾晒着一个女孩从幼稚到青年再到成熟的成长过程。她成长得如此剧烈，如此惊心动魄，如此天翻地覆，从一牙绿叶到一颗饱满的葡萄再到被人用力量挤压而碎。

就像丁燕所说的，离开新疆后，她才变得成熟起来，才用成年人的眼光看那些既陌生又熟悉的场景。

成熟后的丁燕，用心地想着自己、孩子和家人的未来。

她已经而立，她必须有一个能坐下来写作的家，去一个对家没有压力的地方。这个地方不需要很大，有孩子上学的学校，有自己写作的一米桌子足够。

一年后，丁燕从深圳的桃源村搬到了东莞樟木头，这次迁移，给丁燕的人生和写作创造了前所未有的传奇。

2013年，是丁燕人生丰收的黄金年，也是她失去养父养母的悲痛年。

极致的好和极致的悲在2013年同时出现，就像她的双重性格，在自己的影子里匍匐又倒立。

2013年的回家，回哈密，丁燕是为养母去送终。接到电话时，养母已经离去。丁燕回到东菜园子看到的养母是镜框里的照片。照片是养母选的，和平时一样，淡眉黑眼，眼神澄澈，抿着嘴唇，留着齐耳短发，穿着翻领长袖衫。这是拒绝让女儿回来看到自己死亡时难堪的面目的养母，是那个一直都怕领来的女儿有一天逃跑掉的养母。

送走了养母，养父也随之而去，一周内，丁燕为两位老人披麻戴孝，她作为养父母唯一的女儿，为老人们做最后的祷告。千万公里的路途已经将她揉搓成麻木的植物。稍有打盹，她将败落。她全身心已经败落，不知自己，不知眼泪。

养父被推出病房的最后一刻，丁燕木然地盯着别人揭开死去的养父的被单。那是具精瘦的躯体，四肢粗大青白，毫无生气。丁燕第一次看见养父那衰败的、被尿管弄得有些发炎的器官，在芜乱的体毛中，安静地死亡。

当两个单坟合成一个巨大的坟包后，丁燕推开葡萄架下的东菜园木门，看着空空荡荡的庭院、孤单的黄泥小院，还有那张小时候写字的木桌时，瞬间，那木桌便长满了苔藓，毛茸茸的，断裂而坍塌，缝隙间还长出荒草。

这个最初的哈密，让最后的女儿丁燕跟东菜园荒芜的家园告别，似乎更残酷。这里已经没有了天使，没有了父母，没有了这个世界上她唯一能感受到的亲情。

丁燕来时就没有一条饱满的路，走时，荒芜的家园把给父母的一切都带走了，悄无声息，又魂不归舍。似乎她从没有来过，也从没有失去。丁燕从衰败的东菜园子的家里把自己连根拔起，脱离开地面，向半空飘去。

她飘向一条回家的路，她把养父母的魂带到了东莞，带到了岭南，带到了她在东莞的新家——上江国际。她在这个新家里，让父母重新跟她一起享受一颗葡萄的发芽、茁壮生长以及成熟的整个人生。

木质的符号和记忆

在中国，无人不知浙江温州。温州经济模式曾经成为全中国人经商学习的商业经。但是提起温州的乐清和乐清的磐石，知道的人少而又少。

在乐清，磐石镇历史悠久，距今四五千年前新石器时代晚期，东瓯先居即在这里繁衍生息。磐石镇又是著名的侨乡，华侨足迹遍布15个国家和地区。

5000年的小镇，就像其他中国的村镇一样，在完成他历史的任务后，又有了属于他新的里程碑。

2011年4月20日，浙江乐清磐石镇版图并入北白象镇，作为建制镇的磐石在中国大地上消失了。

其实，对于他的消失，固守在磐石的村民没有太多惊讶，也没有太多的惆怅。在这个悠久的历史小镇里，他们守住的家和土地从没有减少，也从没有增多。他们还是按原来的生活方式生活在一个新的镇名里。

磐石镇的消失，像一阵尖锐的阵痛，仅仅几分钟。他不像新生的婴儿，也不像怀胎10月的孕妇，他带土移植改名，又重新合并诞生。曾经的“温州门户”、“东瓯名镇”、“温州市首批小康乡镇”的名称留给了消失的磐石镇。

地理意义上的磐石镇成了昨天，也成了北白象镇的明天。

这一天，新闻里的消息也通过网络传播到香港、深圳。

张祝林在从香港返深圳公司的路途中，看到了这条小小的新闻，他的心里是另一种滋味。

这个头顶着中国红木家具行业贡献终身成就奖的张祝林，就是以出生地磐石为起点，开始了他从家乡木质的味道里寻找、打造中国红木家具的行动。那时，张祝林才十几岁，还是一个孩子。

磐石，不仅仅作为一个出生地的地名留在张祝林的记忆里，也不仅仅是以一种木质的符号和味道储存在张祝林的细胞里。

磐石，是生活在他气息中的人们最初的根，是张祝林的根。

张祝林不是一个简单的普通村民，他是港籍浙江温商投资股份有限公司总裁，深发家私公司、深发工艺家私（深圳）有限公司董事长。

张祝林显赫的头衔不仅代表着他从磐石闯香港和深圳的辉煌，也代表着他生命的根曾经紧密地维系过的家园符号。

从古磐屿到珠城，从海港最初的木夹板到金属材质的船舶，磐石是张祝林的脐带之地。

从降生的那刻起，磐石的风就一直飘着浓重的海味，海味的风飘进张祝林小嘴巴的时候，他没有感觉到风是咸涩的、苦涩的、遥远的。他也从没有想到，有一天，他会携带着磐石的风，和风里夹杂的海腥的味道来到同样有海、有风、有味道的香港和深圳。

磐石不全是海味，还有黄杨木的味道。

他能闻到的风里有一种特别的味道，是雁荡山上的黄杨木成熟的味道。木质的结构里紧密地分解着细小的木分子，他们盘绕在雁荡山的雾气里、水汽里、灰尘里、湿气里、云雾之间。

是这个味道，让少年张祝林对木质的材料有一种特别的亲近感。这种味道在他很小的肺里每天被过滤无数次。

十几岁时，张祝林就跟着当地有名的木匠师傅学习传统的木器家具制作。

他手持木匠家具的手和胳膊还不够成熟，劲也不够大，腿和脚掌控拉锯的平衡感还不够强。

他用心地跟着师父学习，看着师父怎么把一块来自山里的木头，打造成一件件精美的家具。然后在新家具上上好漆，各种漆，各种颜色。

也有按照木质的纹路打造的白板家具，仅仅在上面上一次木油。

木质的原始味道、被劈开后的木屑的味道、刨花的味道、油漆的味道，这些是张祝林在过滤了海风的味道后回味的另一种特别的味道。

张祝林喜欢着磐石泥土里混合长出的任何味道。

这些味道滋养着少年张祝林，也滋养着他以后人生中的每个精彩历程。

劳模

2013年的春节刚刚过去，被广东人称为“红色的英雄树”的木棉花已经绽露枝头，鲜血一样的木棉花让深圳的春天暖意融融。阳光照进深圳罗湖区的高档住宅区，透过窗纱打在孟兰芳的脸上。那样暖的阳光，那样湿软的空气，让她感受到晚年的幸福和安详。虽然这是女儿的家，但对于孟兰芳来说，女儿的家就是自己的家。

而这一刻，71岁的孟兰芳感觉到的幸福是另一种。女儿刚刚托新疆天山电影厂的好朋友萧云从《新疆日报》找到了1960年10月关于孟兰芳支援新疆建设的报道。激光扫描后的报纸见证了50年前她作为劳模的光荣。年轻的她和全体劳模一起跟自治区的领导合影照相。黑白照片里，孟兰芳站在被表彰的劳动模范的第二排左边的位置，两条黑色的辫子在前面舒展着，年轻的表情里是青春、荣誉。

孟兰芳激动地指着照片中的自己：“这就是我，那时多年轻呀。”

她重重地吸入了一口气，然后缓缓地慢慢地从胸腔里吐了出来，她呼出的节奏似乎要把50年的时间全部一点点地吐出来。

孟兰芳坐在柔软的沙发上，女儿打开电脑上的转发文件，朗读着50年前的报纸新闻：

迎接自治区支边青壮年积极分子大会
各地支边青壮年掀起献礼热潮

自从报纸上公布了自治区召开支边青壮年积极分子大会的消息后，各个单位的支边青壮年，人人欢欣鼓舞，他们决心以做好“三秋”工作，多多增产粮食的实际行动，向大会献礼。

巴里坤县大河公社二大队支边青壮年，为了向自治区支边青壮年积极分子大会献礼，提出了“两天的任务一天完成，两人的工作一人担负”的口号，他们和老社员一起，参加了高质量、高功效的秋收战斗。

劳动模范、支边青年孟兰芳在秋收中，第一天割小麦三亩半（定额为两亩半），第二天上升到五亩，第三天连割带捆共收割了六亩九分地，又一次创造了新纪录。支边青年严加树、刘兴荣等二十多人，为了完成当天的收割任务，在大暴雨中坚持三个小时的劳动，超额完成了任务。女班长孟光兰率领十二个组员，三天半挑完了二百五十亩地的麦捆，超过了定额的一倍以上。

女儿刚念玩报纸，孟兰芳就从沙发上坐了起来，在房间里兴奋地走来走去并自言自语地连续说：“太好了，50 年前的报纸都能找到，终于找到了，终于有证明了，终于能证明我是劳模了。”

71 岁的孟兰芳，17 岁支边，18 岁获得新疆维吾尔自治区人民政府的表彰。这份表彰的报纸，也许参加会议的劳模都没有看到。那时还没有报纸发行，这份白纸黑字印着孟兰芳劳模名字的《新疆日报》，终于在 50 年后的春节，在深圳木棉花开的季节从几千公里外的新疆飞信传来。50 多年，孟兰芳给儿女们说自己曾经是最年轻的劳模，儿女们总是半信半疑，因为，当孩子们能走路、上学的时候，母亲总是病着，在病着的母亲的身影背后，女儿们谁能相信，眼前连路都走不了、连给孩子做双鞋都困难、一直在病床上躺着的母亲会和劳模连在一起。孟兰芳不知道劳模能享受到政府给予的什么，她只保留着在哈密跟一些当地的劳模在一起的旧照片，照片中的人都早离开了人世。最年轻的孟兰芳在丈夫去世时，撕碎了所有表彰的劳模证明、标兵证明。因为没有证明孟兰芳是自治区劳模的资料，从此，假如她对年轻人说自己是支边的劳模，人们就像听风从院子里不留任何痕迹地刮过一样。

（一）

1959 年 7 月，鱼米之乡的江南像水墨画，绿色的稻田、红色的砖瓦房、碧绿的竹林，清澈的小河里可以看到游动的鱼。在江苏泰州的街上，高音喇叭正在广播“到新疆去，到祖国最需要的地方去”的报名口号。不满 17 岁的孟兰芳已经和同姓的孟家帮孟运江、孟银、孟光兰报了名并且准备着跟大部队出发。

“我们新疆好地方，天山南北好牧场，戈壁沙滩变良田，积雪融化灌农田。”怀揣着对新疆无限美好的向往和建设新疆的远大理想，孟兰芳等几百人代表着江苏泰州的支边青年坐着从泰州到南京的卡车，再乘坐火车去新疆。火车是货车，很慢，甚至连座位都没有。所有的人拿个行李放在车上当座位，有的人因为晕车呕吐不止，有的人埋怨路途的遥远。只能在需要停下的站台才能吃上饭，如果车不停，他们就只有饿着。摇摇晃晃的 8 天，终于到达哈密。

到了哈密，从火车的窗口看外面的哈密，没有歌词里的美丽新疆，有的是眼前的窑洞、少数的红砖房、破旧的泥土路。8 月的哈密是干燥的、荒凉的，空气里流淌着燃烧的气体，甚至道路两边高高的白杨树也遮挡不住流火的炙烤。在火车上闷了 8 天 8 夜的支边青年，本来已经干渴难忍，车门打开，没有凉风吹来，却涌进干燥的热气流，他们终于忍不住了，许多的女支边青年开始哭泣，有的不下火车，想打道回府。8 天 8 夜，让热血青年的支边热情冷了一半，以后即使想家，怎么回家？江苏离新疆太远太远了。17 岁的孟兰芳带头最先下了火车，前面是刀山火海，她只能往前冲，没有后退的路，她不能做支边新疆的逃兵。看到小姑娘都下车了，赖在火车上不肯下来的其他年轻人也陆陆续续下了车。哈密不是他们的终点，支边的队伍需要再坐大卡车翻越天山公路去巴里坤。

（二）

坐大卡车一天时间，翻过天山另一面的巴里坤却是另一番景象，秋天的庄稼刚刚成熟，金黄的麦子在秋风中摇摆着。虽然同是 8 月，并且只隔一座山，但是巴里坤的气候明显要比哈密凉。

孟兰芳被安置到大河乡二大队一队，住的人家是姓刘的巴里坤本地人。刘大妈人很好，对刚来的小姑娘也很热情，似乎这个南方来的姑娘就是这个家的成员一样。一见面，刘大妈便认了个干女儿。初来乍到，从江苏鱼米之乡的南方到遥远的戈壁巴里坤，第一次离家、离开妈妈的孟兰芳像找到自己的母亲一样。她说着浓浓的江苏话，刘大妈总是不明白她在说什么，刘大妈说的是浓浓的巴里坤话，孟兰芳也听不懂。这仅仅是语言交流的开始，所有的困难还在后头，生活习惯、饮食习惯，包括干活。南方的稻田跟巴里坤的旱地是没有办法比较的。会干南方稻田里的活不一定会干麦田的活，谁能坚持下来呢？到哈密时，已经有人打退堂鼓了，车过天山，更多的人有了返家的念头。然后一起来的人各奔东西，去到巴里坤的各个乡村。本来是一个集体，现在大家四分五裂，除了要面对离别亲人的痛苦，还要忍受一个人在新的环境独立生存的寂寞，更重要的是要肩负起支援新疆建设的能力。娇弱的南方姑娘能行吗？孟兰芳不仅问自己，也在问自己的内心。

已经半个多月没有进食一粒米了，青菜几乎也没有。一路上的面食洋芋疙瘩汤洗刷了她的胃，她细腻的胃无法承受羊肉的膻腥味。羊肉炒土豆丝，在 1959 年是很好的菜了。有些地方开始闹饥荒，连饭都吃不上，更谈不上肉。但只要闻到，她就要吐。孟兰芳每天吃一点馒头，干硬的馒头，把她胃里的油水全部扫荡干净了。她需要吃是要下地干活，不吃馒头，没有力气干活。

他们不是盲流，他们是戴着大红花敲锣打鼓被政府送到新疆的建设者。新疆需要他们建设，他们对新疆有着无限光荣的使命和责任。

刚到大河，就赶上了秋收。孟兰芳不会拿镰刀割麦子，刚上手的第一刀下去就把自己的腿砍伤了。腿受伤了，孟兰芳就用块布条把腿裹了，仍然坚持学割麦子。腿还没有好，她的手又被高粱麦芒刺伤了。烂胳膊烂腿，这是所有支边青年来新疆后受的第一道苦。当地的巴里坤人看在眼里，也心疼在心里："苦了这些支边娃娃了。"三天后，孟兰芳学会割麦子了，她慢慢地能赶上老巴里坤人了。学会了割麦子，还需要学会捆麦捆、打岌岌腰子、挑捆子、打场、推磨、扶犁、犁地。每一样地里的农活，孟兰芳都抢着学，抢着干。两个月的秋收下来，孟兰芳成了专业的农村老把式，样样活都干得好。

（三）

全部的粮食进入仓库后，孟兰芳才坐下来给江苏的母亲写信："妈妈……"信刚开了个头，孟兰芳就泣不成声了，她要对母亲诉的苦太多，却无从诉起，她不愿意让母亲知道她来新疆受了多少罪。两个多月来遭受的苦全部翻江倒海地劈头泻下来了，这种苦是从体内到体外的一次痛苦过滤，是全身心的一次大调整。原来人都很脆弱，忙碌的时候体会不到自己有多苦有多累有多想家；忙碌的时候连自己的母亲也没有时间想。写“妈妈”两个字的那一刻，母亲的样子在孟兰芳全部的脑海里清晰地展现出来。母亲是地主家的女儿，从小没有受过任何苦，嫁给有文化的父亲后，父亲被打成右派，死在了母亲的面前。父亲死后，母亲为了养活儿子和女儿选择了改嫁。7 岁的儿子送给了赵家的亲戚，4 岁的女儿兰芳跟着母亲去了继父的家。母亲的美是大家闺秀的那种美，藏在内心并且渗透出气质的美。

孟兰芳到大河已经两个多月了，平时只顾着干活，她还没有来得及好好看看巴里坤的湖、草原、戈壁。草原在村子的前面，推开门就可以看见，8 月份的时候，草湖里的草刚刚用钐镰打过，平整的草湖一眼就可以望到尽头，10 月不到，草湖已经盖上了厚厚的白雪，巴里坤冷呀，零下 40 多度。在这样冷的天，谁还会有诗情画意去领略草原的壮美和辽阔？戈壁在麦田的上面，大得无边的戈壁，抬眼就能看到。在孟兰芳的眼里，自从来新疆，在她眼里的所有的东西都得用“大”表现。大山、大草湖、大戈壁、大炕、大锅、大碗、大馒头、大毡筒鞋……“大”是广阔无比的词，就一个“大”把新疆概括了。还有一个“了”，也许汉语词典里，“了”不算词，只是一个词缀，但在巴里坤，“了”就是一个圆满的、圆润的有感情色彩的词，它融进了巴里坤人的每句话里。巴里坤人，说什么话都带“了”：来了吗？吃了吗？睡好了吗？饿了吗？渴了吗？冻了吗？学会了吗？

秋收后，分散在各乡、村、农场的支边青年全部集中到大河的干渠，在离唐代古城不远处，参加巴里坤第一座水库的艰辛的修理劳动。

孟兰芳视线里的美景都随着忙碌的江苏号子掩盖在茫茫的人海中。

支边人到巴里坤是国家有目的、有计划、有组织，具有一定规模的政府行为。支边人来建设新疆，不是为了自己的谋生，而是为国家和民族的利益来的。

水库上的地窝子也叫马脊梁房，像马的脊背，是在平地上刨个坑，搭上椽子，上面盖上麦草秆，再把草、泥巴和在一起，镘在麦草秆上。地坑里撒上一层麦草，就是地铺，一个地窝能住 20 多人。火炉是马槽炉。吃的饭是冻馒头、洋芋疙瘩搅团和糊糊。

工地上使用的工具按人分类。当地人的手推车由当地人用，江苏人挑扁担在行，所有的江苏支边青年就用岌岌编的筐，再用当地的木头削成扁担，担土垒土。事实证明，江苏人的扁担和岌岌筐成了劳动工地最好用、最简便的工具。

3 个月的大会战，要求工地 24 小时开工作业，3 班轮休。为了保证完成任务，现场指挥部还专门成立了由女子队组成的“穆桂英班”，由男子队组成的“火箭班”。

孟兰芳是穆桂英班年龄最小的，她挑着被改良的江苏扁担和岌岌筐奔跑在水库大坝，瘦小的她担着两个压扁的岌岌筐在寒风中摇摆。体重不到 100 斤的她，承担了超过她重量的担子，她的腰弯曲着，脚步却有节奏地跟着工地上的劳动号子往前冲：“同志们哪，嗨吆嗨；别怕难呀，嗨吆嗨；扁担软哪，肩头硬呀，一儿呀子吆；多担土呀，多流汗，一儿呀子吆；修水库呀，多增产呀，一儿呀子吆；我们一起走呀，嗨呀，我们大家一起干呀，嗨呀。加油干呀，嗨呀，建设新疆新家园呀，一儿呀子吆。”

江苏号子响彻50平方公里的水库工地，没有黑夜没有白天，一直响着。

1959年12月24日，离新年元旦仅仅几天，工地挖坑的位置塌方。一时间工地上一片混乱、惊慌。人们赶快用十字镐、用手刨，刨了2小时刨出一个人，她是穆桂英班的副班长马秀兰。马秀兰仅仅吐了四个字："下面……有人……"就咽了气。人们赶快再刨，又刨出4具尸体，她们是穆桂英班的高玉芬、钱有红、刘学君、尹芹莉。在没有亲人的陌生地方，她们年轻的生命就这样倒在了工地上。看着血肉模糊的高玉芬、钱有红、刘学君、尹芹莉，孟兰芳的哭声嘶哑了，幸好孟兰芳挑着担子离开了土方塌陷的地方，否则，压死在下面的将是自己。

远在江苏的父母亲还不知道他们女儿的死讯，电报发到江苏需要5天才能收到，如果亲人从江苏来，需要10天。因为这么遥远的路途，下葬马秀兰、高玉芬、钱有红、刘学君、尹芹莉的时候，没有亲人来为她们送葬，在水库大坝上，年轻人的哭声让寒冷的水库大坝抖动起来。5座新坟就在水库上面，马秀兰、高玉芬、钱有红、刘学君、尹芹莉她们为大河的水库献出了年轻的生命，水库可以为她们年轻的生命作证，青山还在，灵魂就在。

马秀兰、高玉芬、钱有红、刘学君、尹芹莉的死，换来了工地上的第一次白米饭，也是支边青年到新疆后的第一顿白米饭。但是面对平日日思夜想的米饭，支边的所有人都没有拿起筷子。在当时口粮供应艰难的时期，新疆是吃不上大米饭的，因为没有地方去买米，这顿米饭不知道花费了巴里坤政府的多少心血。

新年刚过，火箭班的赵勇因连续“放卫星”几天不休息，劳累过度导致感冒高烧不退，他咬着牙坚持着，倒在水库上。又一个年轻生命走了，他把他全部的青春给了新疆，给了这块他们奉献的水库。给赵勇换衣服的时候人们才发现，赵勇的两个肩都已经被扁担磨烂了，里面的毛衣和衬衣都粘在一起脱不下来了。

1960 年 2 月的一天，仍然是零下 40 多度的天气。孟兰芳戴着的帽子满是冰霜，蒙脸的围巾上是冰条，脚上的毡筒也成了冰疙瘩。她的肩也已经磨出血，疼痛难忍。她已经连续几天没有好好休息了，疲惫、困乏、饥饿让她眼冒星光，她挑着担子一不小心掉进了冷水坑，一时间衣服冻成冰块，人成了冰人。工地上的人们把孟兰芳抬进了地窝子，用微火慢慢烤了 24 小时才把身上的衣服化开了，24 小时后，冰冻的衣服终于脱离了孟兰芳的身体，但是，从此她得上了类风湿性关节炎。这一年，她刚满 17 岁，而类风湿性关节炎这病，得上了就是一生。

1960 年的 3 月份，经过支边青年半年的奋战，大河水库终于修成。参加水库建设的有巴里坤县各乡的各族群众和全县 2817 名支边青年。水库建成后，巴里坤县人民政府为感谢支边青年的忘我建设，将这座凝聚着支边人汗水、鲜血和生命的水库命名为“团结水库”，用永久的纪念感谢来自全国各省的支边青年。

用支边人生命、汗水、血液、力量建成的大河团结水库，库面东西长约 3 公里，南北宽约 2 公里，库面面积 50 平方公里，库容 600 万立方米，拦水土坝高 14 米。

这次大会战也许是新中国成立以来，新疆第一次用江苏扁担攻坚作战的历史记录。

江苏号子在团结水库的上空一直响着，多少年过去了，孟兰芳只要在大河的家门口遥望，她的耳朵里就会响起那久远的震撼心灵的江苏人的劳动号子声，这声音穿过肠胃直通她的发髻，这声音里有马秀兰、高玉芬、钱有红、刘学君、尹芹莉的声音，有赵勇的声音，有2000多名支边青年的声音。

如今的团结水库，黄鸭在里面翩翩起舞，鸬鹚在水里欢快地捕鱼。蓝天白云下的团结水库安静地倾听着久远的大会战的江苏号子声。那声音一直在水库的上空回响，一年又一年，经久不息。

（四）

水库大会战完成后，支边青年们又被重新组合安置到各村，孟兰芳被安置在二大队三队，从此她就成了这个队的正式的社员，靠工分吃饭，靠出勤拿工分。

那时，巴里坤农村的女人是不下地干活的，在外面干出体力的活都是男人，女人只在家干家务、带孩子。没有计划生育，女人们成了生育的工具，一个一个孩子地生，直到不能生出孩子，女人才算结束了生孩子的任务。

1960年的春天开始了，新的一年给孟兰芳带来了许多荣誉；劳动模范、青年突击队标兵、团支部书记、妇女队长。

孟兰芳跟几个一起来的支边青年住在三队的仓库里。白天她们听队里的安排，哪个队里缺人手、缺劳动力，她们就去哪个队干活。哪个生产队有活她们就骑着马，去哪个生产队，犁地、播种、打梗子。她们的交通工具是马，骑马去较远的村和队干活。最远的是骑马去光明和五大队干农活。她们去了后，男人干什么活，她们就干什么。男人要跟她们比赛谁干得快干得好，她们就跟男人比。犁地、打场，男人做什么孟兰芳做什么。男人拉刮板，自己也能拉。对于孟兰芳来说，她已经是老把式了，谁也比不过她。孟兰芳骑马，是光马背上骑，没有备马鞍子，这是巴里坤的老骑手的功夫。

忙完春种忙打草，忙完了打草忙秋收，忙完了山下的秋收还要忙山上的秋收，大河的农活全部有时效性，错过了哪一季，生产队都会受损失。如果错过了春耕，种不上好麦子，选不上好种子，秋收就没有指望。如果打不上草，看管不好草湖，冬天牲畜过冬的草料就断了顿。如果秋收不及时，大雪就把麦子早早地埋进了雪里，来年就没有口粮吃。它不像南方的水田，一年四季，即使错过了一季，其他的季节仍然能有收成。大河只有一年一季的收成，错过一年，几年都吃不饱肚子。

收完大河田里的庄稼，孟兰芳和孟光兰又开始了大河山上的秋收。山上的小红旗沟距离三队的居民点赶马车要走半天的路，去山里收割必须住在山里的土坯房子里。小小的土坯房子在夏天是用来圈牲口的，牛、羊、马都在土坯房子里待过，一股冲天的牲畜的尿骚味、粪便味混合在一起，要多难闻有多难闻，更别说人还要在里面吃饭、睡觉。

白天还好，都在山上割麦子，但是晚上就不行了，孟兰芳她们几个女青年总是捂着嘴巴和鼻子快速地钻进被子，然后把头用被子蒙起来，这样尿骚味和粪便味便稍微少一些。

每天，天刚亮她们就带着头一天晚上磨好的 5 把镰刀、水壶、馒头上山，完成当天的收割任务，晚上顶着星星回来，才能回到土坯房子里休息。小红旗沟的麦子因为有农家肥，又有山上的雪水浇灌，所以大头粮长得半人高，收割需要下力气，需要很快的镰刀。孟兰芳总是每天晚上把第二天用的镰刀磨好，每天 5 把快刀。

山上的气候说变就变，如果不抢时间收割，粮食就会被埋进大雪里，要到第二年春天才能收，那时，小麦捂在雪被下，一开春就会长芽、发霉。为了抢在下雪前收割完几千亩的地，带队的高部长要求大家表决心，定任务。尤其共青团员要带头作表率，走在前头。大家都表态后，高部长问一言不发的孟兰芳："你怎么不说话。"

孟兰芳说："头顶天脚踏地，不完成任务不收兵。"

大家听完孟兰芳的话，笑得前仰后合。

表完决心后的第二天，孟兰芳就割了 6 亩 9 分地，成了完成任务量最多的人。刚好自治区要召开支边青壮年劳动积极分子表彰大会，孟兰芳创出的最高纪录还登在了《新疆日报》的头版位置。但那时，孟兰芳并不知道这个，全大河的人也不知道这个消息。劳动模范孟兰芳是全大河、巴里坤的学习对象，是被人们称为"铁姑娘"的支边能人。

其实那个时候，孟兰芳的类风湿性关节炎已经开始发作，天阴、下雨、刮风、下雪的时候，她的全身都在痛，心脏、头、手、脚。因为太忙碌了，所有的疼痛也就暂时忘记了。

江苏的支边女青年，把热爱劳动的光荣传统带到了大河。那时，大河的男人只要看到孟兰芳，就说：“你看，人家铁姑娘，多能干。”孟兰芳的名字成了劳动者的名片，大会小会，孟兰芳必到，大奖小奖，非孟兰芳莫属。

在只要有号召就响应的年代，年轻的孟兰芳把自己的一腔热血毫无保留地奉献给了大河，她的青春岁月短暂地消逝在时间的风口，并在以后的时光里被病魔一丝丝地吞噬。

（五）

1974 年的夏天，孟兰芳的类风湿性关节炎已经越发严重，她的手连抓小鸡、拿针线的力气都没有，双腿走路还需要人搀扶。家里的全部家务和家外的活都是丈夫在做，连孩子的鞋、衣服也是丈夫缝补。如果没有丈夫，5 个孩子将无法生活。孟兰芳的丈夫也是一同支边的江苏青年，跟她一起从泰州来的，为了照顾重病的孟兰芳，丈夫放弃了吹拉弹唱的所有音乐爱好，并且学会了木匠手艺，自己在家里做木匠活。他帮生产队的社员做些木匠活，社员们总是拿来家里的白面馒头、洋芋、羊肉感谢他。有了丈夫的手艺，虽然孟兰芳重病在身，但家里的日子过得很滋润。

一天中午，丈夫正在擀面做午饭，孟兰芳躺在炕上休息。邻居李干成急急忙忙跑到家里喊：“老杭，帮个忙，我家的车上不了坡了，帮忙推一下。”

丈夫没来得及洗去手上的面，仅仅给孟兰芳说了声“我去帮忙”，然后就再没有回到这个屋子。

半个小时后，还是同一个邻居，表情变了，声音变了，一进门就哭喊：“嫂子，老杭他不行了！你去看一下吧。”

孟兰芳猛地从炕上翻起来，这个翻起的动作她很久没有办法做了，全身类风湿性关节炎让她成了残疾人、废人。听到丈夫不行的消息，孟兰芳翻起身，跌跌撞撞地下了地，被邻居背着去了丈夫倒下的地方。

孟兰芳眼前的丈夫，已经闭上眼睛，刚才还擀面的手软软地搭在地上，口角的一点血像子弹刺穿了孟兰芳的心脏，孟兰芳可着全身力气喊了一声：“国宽，你醒来吧！”人便昏死过去。

等孟兰芳醒过来的时候，丈夫闭上的眼睛里淌下来一滴泪，那滴泪从此将孟兰芳整个心砸伤。丈夫没有来得及对孟兰芳说一句话，没来得及做任何告别，就走了。如果丈夫知道以后孟兰芳的日子过得如此艰难，他怎么舍得走？事后孟兰芳才知道，丈夫是被邻居的马车顶在胸口窒息而死的。

丈夫走后，孟兰芳带着5个孩子艰难地过生活，身为劳模的她已经找不到任何青春的光环、劳模的光环。病魔已经将她打击得体无完肤，她连自己都无法照料，又如何抚养她的5个幼小的孩子？

看着5个幼小的孩子，还有眼前满墙的奖状，孟兰芳愤怒地撕碎了她之前全部的劳模奖状、标兵奖状、先进奖状。那些奖状的碎片在空空的房子里渐次下落，下落。丈夫都没了，还要这些荣誉干什么？孟兰芳恨自己，如果不是自己的病拖累丈夫，也许丈夫已经是大河中心小学的老师了，是自己拖累了丈夫的前程，也是自己将丈夫的命送掉的。如果自己不让丈夫走得那么快，丈夫怎么会连做饭的手都没有来得及洗，就一去不归？好长的日子，孟兰芳都处在一种深度的病患中。她在炕上躺了3个月，3个月后，她艰难地爬了起来，并且开始艰难地给孩子们做饭。那时，如果不是5个孩子，孟兰芳将跟丈夫一起去另一个世界了。她是个病人，没有丈夫的存活着没有了意义，但是5个孩子在她的眼前告诉她，他们还活着，还要妈妈。虽然年幼的孩子不知道失去父亲的滋味，在农村，失去男人就相当于家里断了顶梁柱。

丈夫是给邻居帮忙时死的，他不是烈士，也不是英雄。丈夫死了，邻居说帮孟兰芳抚养孩子长大成人，生产队也承诺，孟兰芳家所有的生活负担都由生产队管，直到孩子18岁。

在丈夫的送葬仪式上，大河的社员、支边人都来了，孟兰芳无法从炕上爬起来，她看不到外面的情况，仅仅听到别人说。

丈夫埋在庄稼田的戈壁上，坟很大。下葬的时候，9岁的儿子还在村里的树上掏鸟蛋，儿子还不懂得失去父亲的悲痛，不懂人世间的死亡意味着什么，他只做属于他那个年龄做的事情。当下葬的人们把掏鸟蛋的儿子找回来后，全生产队的社员都哭了。这个少不更事的孩子让全村的社员看到的是未来没有父亲的一家凄惨的生活。

丈夫死后，生产队给孟兰芳的母亲发了一封电报，母亲在接到电报后的半年，身患急性食道癌离开了人世。至亲的两位亲人在一年里相继而去，丢下重病的孟兰芳在艰难中领着5个孩子过日子。她哭的时候眼泪都没有了。

就像社员们预料的一样，当丈夫的棺材下葬后，邻居家也没有之前那么热心了，生产队承诺的一切都不算数了。孟兰芳的口粮从半劳力减为无劳力，30斤的口粮仅剩下12斤。5个孩子只吃2个孩子的学生口粮。一家6口人，一月的口粮不到50斤。

丈夫的死，孟兰芳的病，让整个家庭陷入了窘困当中。那时，总有一些好心的社员送来一些馒头、洋芋、萝卜，让孟兰芳解燃眉之急。社员也都不富裕，自己家的口粮也就够自家吃。能在自己困难的时候还不忘孟兰芳的人是受过丈夫恩惠的。原来丈夫生前给队里的社员做的箱箱柜柜，还有吃饭的小桌子、小板凳，成了他死后，社员对他家人回报的契机。那时，有的人家没有口粮吃，每天靠喝盐水过日子，盐水让许多人浮肿了。

三队的社员申锡，就是把自己全家三天喝盐水省下来的馒头送到了孟兰芳的家里。孟兰芳的5个孩子成了全村人的挂念。

孟兰芳每年的多半时间是在医院的病床上度过的，家里的事就交给9岁的儿子和7岁的大女儿。7岁的大女儿在孟兰芳住院期间，每天踩着小板凳给兄弟姊妹做饭，小手总是被刀切伤，好了一个指头，下次另一个指头又会被切伤。女儿左手的五个指头，每一个都伤了几次。还好，5个孩子很早就开始像成人一样劳动，读完初中就自谋生路。

儿子拿着父亲留下的木匠工具，刨子、手斧、锯子，18岁不到就去了哈密，从此离开了大河，离开了巴里坤。大女儿手拿一支笔到了南方。5个孩子都有了他们自己的家。

孩子们过好的日子里没有一个沾过孟兰芳劳模的光。

在没有劳模光环的日子里，孟兰芳早就忘记了曾经那个冲锋陷阵的自己、青春无悔的自己、娇嫩无比的自己、好学能干的自己、被人叫为铁姑娘的自己、一身荣誉的自己。

那个光荣的支边青年消失在时间的长河里，被时间遗忘在了50年前。

（六）

2009年，哈密政协工委和江苏商会组织40多名曾经支边的老模范、老干部、老党员回江苏省亲，孟兰芳就在这支队伍里，而且仍然是最年轻的一个。2009年，孟兰芳68岁，她被安排在火车的上铺。因为铺位安排依照每个人的年龄和身体状况。孟兰芳是最年轻的一位，身体最好的一位。

在哈密，她们像当年支边来时一样戴着大红花，被敲着锣打着鼓送到火车上；在江苏徐州，人们仍然是敲着锣打着鼓迎接这些当年的英雄。50多年前的镜头再次重现，这些老支边往事重回感动地热泪盈眶。

2009年的江苏省亲，圆了老支边的回家梦。让昔日的豪情、热情、感情再次在他们胸前澎湃。孟兰芳一路笑着，一路银铃般的声音就像她当年一样。她在火车上身轻如燕上下床铺，一点也不像68岁的老人。

她在徐州参观市容市貌时，也是连走带飞。谁都不相信这就是因挑团结水库得了一身关节炎的孟兰芳。

深圳的三月，窗外的木棉花仍然用它最艳红的颜色，开放着。血红的花瓣里，有马秀兰、高玉芬、钱有红、刘学君、尹芹莉的血，有赵勇的血，有丈夫杭国宽的血。血红色的花瓣一点点轻柔地敲打在孟兰芳的心里，像一道道鞭子留下深深的痕迹。她愿意这些痕迹慢慢地变得更清楚更坚硬，坚硬得胜过任何过去曾经值得骄傲的荣誉和岁月。

当这些已逝的荣誉重新找回来的时候，孟兰芳已经 71 岁了。

17 岁的荣誉在 71 岁的时候像木棉花一样鲜红地绽放在她的生命里。

穹庐下的中国农民

在采访贵州黔南农村留守孩子之前，中国户籍政策的改革还没有提上议事日程。

我去黔南，去看留守孩子，不是因为记者的职业，也不是因为单位的工作。我刚刚被查出来患双眼白内障和双眼神经性病变。这突然的打击让我感觉自己将要失明，将要从光明世界一下子走进黑暗。

在生眼病的时间里，我总是照着镜子滴眼药水。我滴眼药水不用拉开眼睑，而是直接将眼药水滴进瞳孔，然后仰躺在床上，闭目养神。然后起床，照着镜子，用一把坚硬的木齿梳子一遍遍梳理我一缕缕的头发。这样可以让眼睛快速看见眼前的事物。不管是否是真的，生病的人都在求心理的安慰，我也是。

在木齿穿行在一缕缕头发的根部时，白发几乎是一夜间弥漫了我的黑发丛林。

是一夜间，时间那么快，让我猝不及防。甚至连心理的准备期都没有，就像医生告诉我，双眼白内障，双眼神经性病变。

白发在每一缕黑发间扎根生长，我试着把长长的头发梳成马尾松，像小时候的样子，再看，镜子里依旧是一位年老的女人，那把马尾松没有让镜子里的女人变成小时候的模样，也没有让已经40不惑的女人年轻10岁。

镜子里铺满了白发，施华蔻的染发剂也不能将它完全变黑。

老，这个词，重重地打在我的眼睛里，比拳击的分量更重。

曾计划10年后，20年后要做的事，就在一夜间提前了20年。

赶快装修新疆的房子留给家人，赶快去贵州的贫困大山看那里的孩子。

希望一切都能赶在眼睛还能看见光明的时候完成。

我感谢这次及早检查出眼病，因为眼病，我第一次走进了贵州黔南，在这片美丽却贫困的土地上，我用一双病眼见证了留守在大山里的孩子、老人、老师的生存状态，也用一双病眼读懂了“农民”这两个字的含义。我没有使用任何教育专家对农民和留守在农村的孩子所使用的言词，也没有偏执地想当然地去评说、去发问。我深入最偏远的贫困山区，用脚步丈量着人类给予弱小世界的关注，也用脚步去最远的大海，体会丢下孩子在外面打工的父母内心最真的情感。

作为农民的后代、支援新疆建设的边二代，我为自己坚守了25年的新闻记者生涯，做最后的一次远行记录。

也许在我之后还会有更多的人去关注这里，走进这里。但对我而言，这是第一次，也是最后一次。似乎我很快就会离开这个活着的世界了，生命很快就会消亡了。

“人之将死，其言也善”，是我对生病后人性在选择真假、对错、善恶、光明和黑暗所做出的正确回答。知道死而且明白死的时候，人性是善良的，人就回到了自己的初生，“人之初，性本善”。更何况，我生性善良来自父母，他们 18 岁选择从江苏鱼米之乡听从祖国号召支援新疆建设，献了生命，献青春，献了热血，献子孙。

一部支边的历史，让我年轻的父母，把南方基因的孩子放在了新疆东部最边远的农村。

从我们降生的那刻起，我们跟农村的命运就紧密地连在一起。从包产到户到在自留地上种粮食，从布票、粮票到油票、肉票，从升学、工作简历上填写父母一栏的农民、粮农到家庭妇女。农村到城市之间有一个巨大的天堑，我从 7 岁（父亲给邻居家帮忙时死去）开始，便在内心里体验着跨越这个天堑的艰难，它比李白的“蜀道难，难于上青天”更难。它难在：你无能为力，你撬不动它，搬不动它，绕不开它。这个天堑挡在你的前面，让你成为沟壑、黑暗、最底层的下里巴人。

从小生在农村的孩子，人生唯一到城市的通道就是考学，只有考学上学才是改变户籍身份的最有效途径。

这个考学的过程成为我终身的遗憾。因为父亲早逝，因为母亲在建设新疆的劳动中患病，我放弃了从农村走向城市的唯一通道——考学。

我的 7 岁和哥哥的 9 岁，我们像两个成年人一样肩负着照顾多病的母亲，还有幼小的妹妹、弟弟的重担。我们像农村里所有的农民一样，打柴、拾牛粪、挖猪草、割麦、打场。虽然是孩子，我们跟农村的所有成年人一样，赶着毛驴车给生产队运送冬天的肥料、夏天的青草。

哥哥放弃了高考，去城市打工。

我放弃了高考，经历让我 18 岁就成为新疆年轻的诗人、作家。我靠一支笔改变了我从农村到城市的身份。

80 年代是一个参加高考也难被录取的年代。我尖子班的同班同学，学习非常好，连中考都名落孙山。有的需要复读两三年才能考上。农村孩子能考上师范在 80 年代不是一件容易的事。而我周边的农民家的孩子，90% 没有在高考中被录取。我的初中同班同学 80% 还生活在农村，一些虽然进了城，但也仅仅在城市的边缘被城里人雇佣着做短工。

90 年代，高考条件放宽，成人五大类学校专门招农村的学生。面朝黄土背朝天的农民，再次在这条走向城市的天堑路上付出所有。

我身边的农民为了孩子考学上学走进城市，把春天的耕牛卖了，把犁地的小四轮卖了，把春天播种的麦种卖了，把自己住的房子卖了。我听到这些故事的时候已经在新疆首府城市做记者，我仍然会心痛着去仔细地倾听这些来自农村的信息，听农民的故事，去农村写他们的现状。

这些农村的故事在我的昨天一直醒着，甚至在城里的梦里，我的人却在农村的田里。

身份的改变不等于记忆的改变，不等于心灵深处那些未愈合的伤口结疤。

从农村到城市，从新疆到深圳。

我周围始终有进城农民的影子，他们有意无意地在我生活中出现，我看着他们，就像看着我的影子，像我的过去，像我生命中的合体。我会微笑着对他们点点头，并且意味深长地多看几眼。

2000 年，妹妹、妹夫来到深圳，他们 2 岁多的儿子成了在新疆石河子的留守儿童。那时，人们还没有把留给爷爷奶奶照看的孩子叫留守儿童。妹妹在城市，孩子留给爷爷奶奶照看，谁都不会认为他缺少了亲情、缺少了关爱。

这是我最早最近距离地跟“留守”这个词接近，我接近着我的外甥，我接近着他每次给妈妈打电话里的声音：“妈妈，赶快把我接到深圳，我要吃深圳的月饼。”月饼是妈妈在电话里无数次说给儿子的深圳好吃的食品，所以外甥记住了。在他幼小的年纪里，月饼的吸引力比记住想念妈妈爸爸还重要。

这是 2 岁多的孩子对被留守的记忆。

2002 年，4 岁半的外甥被妹妹接到深圳，成了深圳流动着的外地孩子。他在经历被留守和流动两种身份后，他跟其他深圳户口的孩子在同一所小学或者初中上学，他的学费要比本地生高。他中考的分数要比本地生高 100 分才能被重点高中录取，他要比本地生付出更多才能享受本地生在学校的待遇。而他也是一个有着城市户口的城里人，他的户籍在广东惠州，一城之隔。

外甥问我：“姨妈，你是记者，你告诉我为什么我要多考 100 分？”

我无语，无语里是长久的悲痛。

这是一个有着城市户籍的城里孩子的命运。

那么生活在贫困山区的农村孩子、农村的留守孩子、从农村到城市跟着父母打工流动着的孩子，他们的命运又能好到哪里？

在深圳，户籍之间的距离已经比全国其他城市更人性化。在这人性化的深圳，中考时城市户籍的孩子因为户口不在深圳都需要多考100分才能上重点高中。

那些农村的孩子将怎样跟着打工的父母流动到城里？

流动到城里的农村孩子只能在郊区的民办学校、打工子弟学校上学。他们的身份一进城市就变成“低等”公民，就变成被流动着的农村孩子。

“流”和“动”是两个动词，两个动词传递着中国农村的广大农民从农村到城市的心路历程。针针见血，一幕幕让有良心的中国公民悲愤。

在城市打工的父母，在高房价的沿海城市无法给孩子提供稳定的居所，因此无法把孩子带在身边上学、考学。中国农村的孩子、贫困山区的孩子被迫留守在农村，成为今天我们的社会学家、政府、社会各界人士关注的弱势群体。

当他们以留守的名义被迫留守在农村、留守在遥远的大山的时候，当他们以弱势群体的名义滞留在农村，被城市抛弃的时候，他们就是社会学家说的“被这个时代抛弃的一代人”。如果他们长大，这一段心路历程需要多久多少抚慰才能填满填平？他们缺失的陪伴里，是一生的童年，是一代人的童年。

今年 17 岁的外甥告诉我：“姨妈，我以后要在结婚前赚很多钱，等我有了孩子，我不需要工作，我要陪着孩子一起成长。”

我意外地看着外甥的表情，这个语言表达能力非常好的孩子，想象力作文写得非常好的孩子，他的表情是那种期待的温和的样子，似乎将来的陪伴很快到来。我知道他说的陪伴意味着什么，缺失着什么。

2014 年的 7 月，当我在黔南的平浪镇看到那么多的被留守在贫困山区的农村孩子时，我的灵魂被彻底震惊了。

平浪仅仅是黔南的一个镇，留守在中学和小学的学生占全镇中小学生人数的 70%。三都水族自治州的山区留守孩子更多，每个乡村的小学的留守孩子达到 90%。

三都县的高硐小学，留守的孩子寄宿在学校，白天的教室既是课堂又是饭堂。晚上，所有的课桌拼在一起，教室又成了宿舍。60 多个孩子挤在一间狭小的教室，教室在晚上又成了新的代名词——宿舍。这样的宿舍没有床，没有热水洗澡。学校的食堂破破烂烂，甚至连坐下来吃饭的地方都没有。

这一幕，是我在中国教育改革 30 年后的 2014 年的 7 月看到的真实情景。

学校的学生已经放假，而我站在高硐小学的教室里，却能看见那些空空的课桌上躺在黑夜里的孩子们。他们的双眼在教室的屋顶，他们的脸在屋顶的中央，而他们的生活却在远离城市很遥远很遥远的过去。

在三都的有些学校，留守的孩子，在公路边上偷抢，被派出所拘留后再送回学校。有的反反复复，偷了，抢了，拘留了，再送回。

墨冲的一些学校，留守学生被社会上的吸毒人员带坏，开始吸毒。

2013 年，在黔南的一些学校住宿的学生才刚刚能洗到热水澡。这在城市人看来最简单的生活需求，贵州黔南的留守孩子需要付出如此巨大的代价，才能实现洗个热水澡的愿望。

在黔南走向大山的路上，我一直沉默，我无力张开我的嘴巴，无力发出我的声音。我无力拿起笔在纸上写下那些沉重的汉字符号，也无力睁大我有病的双眼，去帮孩子们求助些什么。

我在贵州黔南都匀，我在平浪，我在三都，在高硐，在水族自治州，我眼前的山区农村没有一家工厂企业，没有大的超市，没有像城市一样热闹的工业区。生活在贫困山区的农民如果死守在当地，靠贫瘠的土地上长出来的庄稼生活，那么贫困的符号，就是他们终生的代名词。他们或者他们的孩子也将终生背负着贫困，老死在山里。

中国山区的农民为了改变贫困，用他们上田的赤脚一步步流着血踩进了城市的钢筋水泥地上，也把血和泪留给了山区里陪伴孩子的老人和年幼的孩子。坚硬的钢筋刺穿了他们的灵魂，刺穿了他们委屈生存在城市的心脏。

但是他们为了甩掉贫穷，仍然继续艰难地挣扎在城市人漠然的眼睛里。

他们的孩子被迫留守在山区、留守在农村。

他们的孩子被迫流动到城市，流动到城市郊区几平方米的出租屋里。

活着的意义对他们而言是生，是死？是希望看到孩子的未来？他们从不知道。

这样的辛苦带给没有陪伴的孩子的未来又是什么？他们从不去想，也没有时间深刻地去思考。

他们内心所承受的疼痛和无声的眼泪谁能读懂？

我的白内障眼睛、神经性病变的眼睛流不出眼泪，我已视线模糊，身心疲惫。

就在我要写《回家：中国留守报告（黔南阅读）》这本书时，中国户籍制度改革的大门刚刚张开一丝缝隙，那一丝微弱的光亮能把理想和现实最早地照进山区里6000多万留守孩子的心里吗？能把这丝微弱的光亮也照进踩在城市的钢筋水泥地上劳苦的农民工和3000多万仍然在城市的边缘流动求学的农村孩子吗？

我愿意自己失明，把这光亮留给孩子们。

我愿意孩子们重新朗读着100年前梁启超先生写的《中国少年说》：中国的未来在少年，少年是中国的希望。

我愿意这一代被迫留守在农村的孩子和被迫流动在城市的农村孩子，他们有一个光明的未来。

后记　悲壮地还乡　让灵魂安放

（一）

2015年5月，我去广西东兰县板烈小学采访关于留守孩子情况，四年级的小学生罗海嫩送了我两幅她的画。她的画都是用铅笔画的，画纸是从图画本上撕下来的两页白纸。一幅寒菊图，菊花的枝干她都画在白纸的底部，底部有意象的菊花花瓣随风飘落。画左边是一根粗枝顶着繁茂的菊花香艳开放。在右边的空白处配了赏菊的诗：一丛寒菊比琼华，掩映晴窗动绿纱。乍觉微香生暖室，真拟奇艳出谁家。诗是沈钧儒的《赏菊》。她从课本上抄来的诗。她说，她不是真的理解诗的意思，但诗里都是写菊花的，所以她把这首《赏菊》配在图中。另一幅是她们山上的木房子，在半山腰，周边是稻田和树。画很满，最后一层木房子顶在白纸的顶部，总共三层，层层错落。两幅画都用铅笔签了罗海嫩的名字。她带着二年级的弟弟把两幅画送给我，姐弟俩在我面前阳光明媚，笑容灿烂。爸爸在外打工，妈妈有病在家带着她和弟弟。她跟弟弟都住在学校，小学二年级 8 岁的弟弟已经会自己装米蒸饭了。板烈小学没有美术老师，也没有美术课。罗海嫩的画都是她自己学习，自己想象出来的。她没有把画给学校的老师，却送给了我这个从外面城市来的陌生人。

她叫我航老师，然后对着我微笑，过一会儿再领着她的同学来到我面前问我关于对城市好奇的问题。

这个聪明的乡村孩子画的是她心中的家园，是她对乡村最美好的记忆。

我从板烈回到深圳后，罗海嫩给我打电话："航老师，你们城里人穿什么衣服呀？吃什么饭？你还会记得我吗？我的头发剪短了，我怕你下次来不认识我了。"

一个短短的电话，把她对城市的好奇、怕被城里人贸然相识又忘记的心理暴露无遗。她刚刚 10 岁，一个在大山里想象城市的孩子。

是这个罗海嫩让我看到了 30 多年前的自己，看到了自己曾经坐在草原上想象城市的样子。那么好奇，那么透明，那么单纯，又那么向往。

我离开草原时，我草原上的村子还住满了村民，村子里的人们都憧憬着未来的生活会怎样变化，他们将过上吃饱饭、有钱花的幸福日子。现在，人们的想法都实现了，人们都去了城里，草原大得装不下空空的村子的寂寞。

罗海嫩的村子是留守孩子的村子，大人都进了城。她们的梦连东兰县都飞不过去。

我们谁都不会想到，在中国经济快速发展、农村城镇化的今天，是中国的6000多万像罗海嫩一样的留守孩子用他们失去父母陪伴而又孤独寂寞的童年，为即将消失的乡村坚守着最后的阵地。在她们还不知道什么是乡村的悲哀、悲凉、悲苦的童年，她们留守在中国美丽的空心村，并把她们对城市的想象全部存留进自己的心里，留在梦里。

她们是乡村的卫士，是我们悲壮地还乡、让灵魂回归的理由。

（二）

时间是人类的切割线，切割的伤口历历在目。

18岁的时候一直在从乡村到城市的路上攀爬，每一步的攀爬都是时间的切口。

48岁以后的人生是从城市往乡村回归，每一步的回归也是时间的切口。

30年的时间从乡村到城市，从城市到乡村，这是还乡的时间刻度，这个刻度饱满了时间留下来的每一个切口。

一个农民只有在城市深刻地经历了丢失家园、抛弃土地、颠沛流离的生活后，她才懂得在合适的时间回归、还乡。

在我还乡的路上，一大批贫困山区的农民把孩子留在山区、留给父母，在城市的一角吹响了他们进城的号角。

更早进城的农民用辛苦赚回来的钱在农村建了崭新的楼房，空空的新楼搁置在旧房子的旁边，对比着昨天和今天的改变，也对比着离开孩子、老人的时间。

今天的乡村已经不是30年前的乡村。

30年前是文化人进城寻找自我价值的实现，那时乡村还在。土地没有荒芜丢弃，老屋有人打理，乡村生活的原生态没有被破坏。乡村完整地保留着原始的样子，有生机地活着。婚丧嫁娶、红白喜事、建房动土，喊一声，全村老少壮劳力全部出动。

今天，同样是从乡村走进城市寻找改变贫困生活的途径，而乡村不再。今天的中国农村，剩下空空的村子、撂荒的承包地、少数的老人和带不走的孩子。

没有人气的农村不是乡村，没有壮劳力的农村不是乡村，没有男人和女人的农村不是乡村，没有土地的农村不是乡村。

乡村是祖孙四代组成的家庭，是清晨屋顶上冒烟、小河里流水、按时间开饭，是房子旧了每年修补，是开了家门就能看到有人喊着问候的地方。

农村成了空心村的今天，乡村已远离了我们的灵魂。

农村的壮劳力拼命地往城市挤，他们的孩子成了留守儿童。农村的老人送葬还要请外面的专业公司哭丧发送。

30年前从乡村逃离的文化人悲壮地选择还乡，他们终于意识到没有乡村，灵魂将无处安放。

为了让灵魂有一个安放的去处，有情怀的文化人在还乡的路上行走，就像当年他们从乡村往城市行走一样。相同的路，不同的情怀；相同的忧伤，不同的悲壮。

村子和房子曾经是农民的根和希望。

没有了根，村子就没了魂。没有了希望，村子就没了神。

当我行走在中国大地上的空心村时，我脚下的美丽村庄一个个陷落，我们向城市迈进的所有脚步都穿上了铠甲寸步难行。

我的病眼里是罗海嫩的两幅画，铅笔画里的村庄和寒菊是我们灵魂的乡村。一个10岁的孩子都能守住的家园，让我们成年人无地自容。

在面对孩子的羞愧里，我把30年间写的关于我生活过的草原上的乡村以及我旅行中游历体验采访过的乡村，陆续添加又被搁置了很久的文字，整理成了这一本记录乡村情怀的散文集——《何以为家》。

2015年9月，在我的《回家：中国留守报告（黔南阅读）》正式被广西师范大学出版社送进印刷厂印刷时，《何以为家》也被中国财政经济出版社签约。

深圳的天气还在下雨，我的家乡巴里坤已经皑皑白雪。在绿色和白色混合的纯粹的颜色里，我把青春岁月里生活过的草原画卷展现给今天仍然怀念乡村、怀念家园、怀念真善美的人们。

愿你们手捧她时，像紫荆花温柔地敲打你的心灵时的怦然心动；愿你从我的草原里看到你曾经遗忘的一片草地、一个人、一匹马；愿那些悲壮地还乡的人们，能静静地把灵魂安放在寻找的乡村里，并悠然地回归，重拾自己失去的家园。

感谢中国财政经济出版社为《何以为家》付出辛劳的全体工作人

员，感谢潘飞老师，感谢责编张怡然。

感谢留守在广西东兰县板烈的罗海嫩小朋友，感谢你用铅笔画出的心中家园放置了我被尘埃覆盖的文字。

2015 年 10 月 1 日